Le Paradis en Folie

ALEX W. du PREL

LE PARADIS
EN
FOLIE

Nouvelles des îles des Mers du Sud

Les Editions de Tahiti

Alex W. du Prel

Du même auteur :
- *« Le Bleu qui fait mal aux yeux"*
(9 éditions de 1988 à 2011)
qui existe aussi en version anglaise
sous le titre *"Tahiti Blues"*.
Ce livre existe en langue anglaise
sous le titre *"Crazy Tahiti Paradise"*

- avec Tom J. Larson
« Bora Bora, History and G.I.'s in Paradise », 1998.

Couverture : *« Matin tahitien»*,
acrylique de Philippe DUBOIS, artiste peintre à Moorea.

Copie révisée, copyright 2011 Alex W. du Prel / Les Editions de Tahiti
B.P. 368, MOOREA, Polynésie française
Email de l'auteur - éditeur : *alex-in-tahiti@mail.pf*

ISBN 978-907776-39-4

*Toute ressemblance avec des faits
ou des personnages réels exitants
ou ayant existés ne serait que pure
coïncidence.*

*En mémoire de feu Marc Liblin,
an ami des îles vraiment exceptionnel.*

Table des matières

Moorea Folies   7

Une compagne tropicale   25

L'ermite de Tahiti   59

Un petit problème au bout
du monde   65

Le « ori » de la vahine   85

Le mystère de l'hôpital
de Vaiami   91

La clef   125

L'auteur   127

MOOREA FOLIES

L'ELOIGNEMENT des îles de la Polynésie, le coût élevé d'un voyage en avion pour y parvenir ou les années de préparations nécessaires pour faire une traversée du Pacifique en voilier rendent nos îles difficilement accessibles. Mais cet état de chose assure également un tri rigoureux de nos visiteurs. Et cela limite tout aussi sévèrement le nombre d'individus qui auraient décidés de se reconvertir sous les cocotiers de Tahiti. Ainsi, les quelques Européens qui finissent par prendre souche dans les micro-sociétés des atolls ou des îles éloignées sont inévitablement des personnages hors de l'ordinaire et dotés de fortes personnalités.

Parmi ces individus, il ne faut pas inclure le fonctionnaire expatrié, qui, lui, est garanti de couverture et d'acquis sociaux et qui considère son séjour temporaire. Ni l'homme d'affaires qui s'installe à Papeete, cette mauvaise copie d'une sous-préfecture de province, pour tenter d'y recréer le type de société urbaine et structurée qui lui assurera des privilèges.

Les personnages que je trouve intéressants évoluent principalement dans les îles. Ils considèrent généralement la ville de Papeete comme une pépinière des maux de la civilisation même dont ils espèrent s'échapper. Ceci n'est rien de bien nouveau. Paul Gauguin décriait déjà, voilà cent ans, le nombrilisme des administrations et le pouvoir corrupteur de l'argent sur nos îles.

Lors de mes voyages dans les archipels éloignés, c'est toujours au moins un expatrié digne d'intérêt qu'il m'arrive de croiser. Généralement, je le rencontre soit sur le pont de la goélette inter-îles, soit sur un quai inondé de soleil où il est venu chercher sa marchandise. Il se trouve aussi souvent au détour d'une route d'une vallée profonde et parfois même à la tête d'un de ces petits hôtels qui se cachent au fond d'une baie d'une île lointaine..

Bien sûr, il ne faut jamais juger ces individus d'après leur succès financier. Certains, et croyez-moi, ils sont très rares, arriveront à se créer une structure qui leur permettra de vivre dans une aisance relative. Mais la grande majorité de ces expatriés apprendra bien vite l'art de survivre, de se débrouiller, de n'espérer du quotidien que le stricte minimum nécessaire. Les faibles, les indécis repartiront bien vite. Les forts, les obstinés, les rêveurs et les entêtés resteront. Le secret de la survie de ces hommes hors de l'ordinaire est l'art de savoir avaler sa fierté, de ne pas perdre le moral, de ne pas tomber dans le piège de la dépression. Et surtout de ne jamais, jamais, devenir aigri. Car si l'on permet à l'amertume de s'installer dans son coeur, ici ou ailleurs, alors il vaut mieux en finir tout de suite.

L'imperfection de l'être humain, l'injustice des hommes, les manigances des notables, les combines de la politique et la gabegie des fonctionnaires sont mille fois plus visibles dans nos petites îles où tout finit par se savoir. Cela ne veut pas dire que notre société est plus imparfaite qu' ailleurs, mais tout ici est seulement tellement plus transparent.

Alors il faut apprendre à se faire une raison. A s'y habituer. Surtout à voir le côté comique des choses, à rire des étalages de médiocrités, des crises de vanité de l'être humain. C'est ainsi que l'on s'imbibera de cette tolérance qui est propre aux Polynésiens et qui rend la vie dans nos îles à la fois agréable et civilisée. L'on apprend vite à pardonner, à savoir accepter les autres avec leurs défauts. Défauts qui en vérité sont aussi les nôtres, même si nous arrivons parfois à mieux les cacher.

Il y a certainement quelque chose de très positif dans cette leçon permanente de modestie et de tolérance. Le retraité amer, vindicatif, névrotique et nostalgique du passé que l'on croise tellement souvent en Europe est quasi inexistant sous nos latitudes. Tous nos vieux sont gais et souriants et leurs communications avec la jeunesse sont grandes ouvertes.

Mais revenons à nos expatriés. L'un d'eux me fascine depuis bien longtemps. C'est Francis Melloc. Si vous vous égarez un jour du côté de l'île de Moorea, vous aurez de bonnes chances de le croiser. Un jeune homme svelte et nerveux vous demandera peut-être un jour gentiment de l'aider à pousser sa veille voiture tout terrain pour la faire démarrer. Il vous expliquera que la batterie s'est déchargée la veille. Alors vous serez sûr d'avoir croisé Francis. Car cela fait des années que la batterie est à plat. Et qu'il n'a pas les sous pour acheter un nouvel alternateur.

Francis est le fondateur, propriétaire et directeur du célèbre Mana Village de Moorea. Ce village est très, très connu sous nos latitudes. Car il est l'attraction touristique de Tahiti qui a le plus de promotion de part le monde.

Peut-être avez vous déjà aperçu cette publicité: Une magnifique affiche en Technicolor représentant une grande pirogue polynésienne sur laquelle dansent des ravissantes « vahiné » en costumes de fête.

« Mana Village et Théâtre » clame l'affiche, « Plus de cinquante danseuses et danseurs exotiques. Un cadre polynésien d'une splendeur inégalée. » Et cela continue : « Découvrez la vie authentique des anciens Polynésiens, leurs coutumes, leur artisanat vivant, leurs légendes. » Et pour terminer : « Théâtre, restaurant, bar, boutique. Grand spectacle extraordinaire! Votre destination obligatoire! Le Rêve finalement réalisé! » Et tout cela en français, en anglais et en japonais, bien sûr.

Ces affiches sont visibles partout. Dans toutes les réceptions d'hôtel, dans toutes les agences de voyage, sur tous les comptoirs des aéroports de Polynésie. La majorité des brochures touristiques de Tahiti contiennent au moins une page vantant les charmes du Mana Village. Même les billets d'avion inter-îles et internationaux ont l'affiche imprimée au dos. La fougue et l'art de la persuasion infatigables de Francis ont réussit à convaincre les dirigeants des lignes aériennes de le sponsoriser.

Mais cela ne paraît que peu de choses lorsqu'on écoute les descriptions mirobolantes de Francis qui vante les mérites de son commerce. Car il a le verbe éloquent des spécialistes des relations publiques.

Francis a investi tous ses biens et toute sa vie dans son entreprise, le Mana Village. Intégralement. Et il veut partager son rêve avec tout le monde. Contre rémunération bien sûr, car même l'artiste doit manger et rembourser ses emprunts.

Voilà maintenant cinq ans que Francis est arrivé dans nos îles. Avec tambours et trompettes. En homme familier avec le monde du show business, sa première halte à Tahiti fut la rédaction du journal local. Un peu de publicité ne peut nuire à personne. Ainsi, nous, simples petits mortels du bout du monde, avons eu le droit de lire avec éblouissement et admiration les lignes suivantes dans les pages du grand quotidien de Papeete:

« Papeete, le 21 janvier 19...

« Nous avons le plaisir d'annoncer la venue du grand chorégraphe et danseur Francis Melloc dans notre Territoire. Monsieur Melloc nous arrive directement de Paris où il vient juste de terminer plusieurs saisons de spectacles au Casino de France. Le plus connu de ses triomphes est bien la revue « Gogo Girls for Paris » qu'il a entièrement chorégraphiée et dans laquelle il était le danseur étoile aux côtés de Line Peujaut. (voir photo).

Monsieur Melloc nous explique que son voyage en Polynésie est un rêve qu'il espérait réaliser depuis deux ans. Car c'était alors qu'il avait été charmé et ébloui par l'harmonie et la douceur des danses du groupe « Tahiti Tamouré » de Pierrot Naonao. En effet, nous nous rappelons bien le succès remporté par Pierrot et ses filles, nos ambassadeurs en France à l'époque, lorsqu'ils donnèrent six représentations au célèbre Casino de France.

Monsieur Melloc est venu étudier nos danses sur place, et il espère pouvoir les marier harmonieusement avec la Danse Moderne pour éventuellement monter un grand spectacle de haute qualité pour une tournée mondiale.

Monsieur Melloc est accompagné par sa charmante épouse, la non moins célèbre Corinne Dambier, qui a dansé plus de quatre ans avec la troupe des Pink Bells à l'Acapulco de Paris. (voir photo).

Notre Territoire est flatté de recevoir des professionnels de ce calibre et nous espérons que sa collaboration permettra à notre culture de rayonner dans le monde entier...etc...etc... »

Après cette entrée remarquée, Francis et son épouse firent la tournée les îles.

C'est la beauté sauvage de Moorea qui les envoûta. Les grandes vallées profondes à la végétation tropicale, les bleus du lagon, les deux grandes baies qui pénètrent jusqu'au coeur de l'île les touchèrent comme la foudre. Les innombrables vestiges de l'ancienne civilisation ont un magnétisme et une sensation de paradis perdu qui ne peuvent que fasciner et émouvoir une personne sensible et artistique.

Le choc fut tel que Francis décida de brûler les ponts, d'abandonner la vie et la carrière sous les projecteurs parisiens pour se régénérer sur les terres mystérieuses et fertiles de l'île de Moorea. Francis avait ressenti un envoûtement, une foi, il avait entendu une sorte d'appel qui lui dictait de devenir le nouvel apôtre de la danse tahitienne.

C'est ainsi que la Polynésie venait d'acquérir encore un romantique de plus.

Francis m'a toujours ébloui par son dynamisme et son énergie. La trentaine avancée, il a le physique souple des danseurs professionnels. De taille moyenne, il est néanmoins ce que l'on considère un bel homme et son visage toujours souriant appelle immédiatement la sympathie. Une mèche rebelle dans sa chevelure noire lui donne le petit air innocent et fragile qui plaît tant aux femmes.

Dès son installation à Moorea, il se lança dans toutes sortes de commerces pour tenter d'établir un revenu stable. Boutique de mode, développement instantané de photos, vente de hamburger, fabrication de « *pare'u* » (pagne tahitien), etc. N'importe quoi pourvu qu'il puisse en vivre. Mais la danse était toujours sa grande passion. Et son rêve restait toujours la création d'un groupe de danse de classe internationale.

Une visite aux Iles Hawaii lui fournit l'inspiration qu'il recherchait. Il y découvrit le village du "Polynesian Center" aux environs de Honolulu et observa avec envie et intérêt les milliers de touristes qui payent rubis sur l'ongle pour avoir le privilège d'assister aux différentes danses des îles du Pacifique Sud.

Ceci fut la révélation de Francis. Il avait finalement trouvé une voie, un moyen de vivre de sa passion. Il lui fallait absolument créer un tel village à Moorea. Tout de suite.

Il vendit tous ses petits commerces, loua un terrain au bord du lagon, contracta de grands emprunts et fit construire la réplique d'un village tahitien des temps anciens. Des huttes en troncs de cocotier, avec des toits en feuilles de cocotier, des fenêtres en tressages de cocotier. Tout était en cocotier. Un village entier en cocotier. Dans une grande cocoteraie. C'était magnifique et cela lui coûta aussi une fortune, car il insistait sur une grande authenticité et fit construire une multitude de bâtiments. Puis il embaucha les plus jolies filles de l'île et de beaux jeunes hommes pour animer ce village.

JE ME SOUVIENS encore très bien ma première visite au Mana Village. C'était éblouissant. Francis me reçut paré d'un costume de grand chef Maori fait de mille plumes. Nous fîmes le tour du village.

Ici était un atelier où plusieurs Polynésiens sculptaient des objets d'art. Là un autre bâtiment ou des filles fabriquaient des *"tapa"* (*). Encore plus loin, d'autres filles teintaient des *pare'u* (pagnes tahitiens), et d'autres encore tressaient des paniers.

Puis nous assistâmes à un "tamara'a", un grand festin polynésien qui était animé avec grâce par le nouveau groupe de danse de Francis, une trentaine de jeunes qui ondulaient aux sons des tambours. Ceux-ci firent leur entrée sur une immense

---

(*) Tapa : ancienne étoffe fabriquée avec l'écorce de l'arbre à pain ou de mûrier. C'est un long travail pénible avec des massettes en bois de fer.

pirogue double, accompagnés de cavaliers qui galopaient le long de la plage sur des petits chevaux des Iles Marquises. Je dois admettre que bien qu'étant un peu blasé avec les danses tahitiennes, j'en fus très, très, impressionné.

Francis avait réussi à créer un petit univers étonnant.

Mais, comme cela est souvent le cas, le rêve idyllique de l'artiste ne va pas de pair avec la cruelle réalité économique. Francis avait omis de songer à un petit détail : les Iles Hawaii ont six millions de visiteurs par an. L'île de Moorea bombe le torse de fierté si elle réussit à compter trente mille touristes par an. Si le Polynesian Village de Honolulu arrive à inciter dix pour cent des vacanciers à s'y amuser, il aura mille cinq cent clients par jour. Voilà qui est largement suffisant pour payer les quelques cent employés du village hawaïen.

Mais si Francis accueille dix pour cent des touristes de Moorea, cela lui fera une moyenne de huit clients par jour. Ce qui est totalement insuffisant pour juste même nourrir les quarante employés.

La faillite était malheureusement déjà inscrite au tableau du destin avant même l'ouverture du Mana Village.

Les premiers mois d'euphorie passés, Francis dut réduire son personnel comme une peau de chagrin. Il lui fallut maintenant travailler avec trois filles et un garçon seulement. Il était endetté jusqu'au cou. La seule visite au village dont il était absolument certain était celle du gendarme-huissier lors de sa tournée hebdomadaire de l'île.

Sa femme, la belle Corinne Gambier, était vite rentrée en France. Elle avait *« taillé la route »,* comme l'on dit si bien à Tahiti. Son contrat de mariage mentionnait bien le meilleur et le pire, mais il n'y était nulle part question d'indigence totale. Mieux valait vite aller chercher un mari plus productif dès maintenant, avant que l'emballage ne se froisse trop.

Malgré tous ces aléas, l'énergie, l'enthousiasme et la fougue de Francis ne baissaient pas d'un cran. Jamais l'on avait vu tel courage, telle foi et telle obstination sous les tropiques. Il encaissait toutes les frustrations d'une telle opération dans un monde où le mot efficacité est inconnu. Parfois, c'était le groupe de danse qui oubliait de venir faire la représentation, et Francis était alors obligé de rembourser les clients attirés à grands frais. D'autres fois c'était le taxi qui oubliait d'aller chercher les touristes à l'hôtel de luxe de l'île, le Sofitel Ia Ora, un magnifique petit village de bungalows sur la côte Est de l'île. Et le pauvre Francis passait la soirée à les attendre en grande tenue et en vain avec toute sa troupe.

PUIS, un jour, « La Ventouse » arriva sur l'île de Moorea. A quelques six kilomètres du Mana Village se situe le « Club Pacific », le grand village de vacances de l'île. Cet établissement fait partie d'une chaîne hôtelière internationale qui a pour habitude de faire la rotation de son personnel tous les ans.

Depuis l'ouverture du village, Francis tentait d'inciter cet établissement à lui confier ses clients, mais cela avait toujours été en vain. Le Club Pacifique avait ses propres activités et désirait garder sa clientèle jalousement. Ainsi, lorsque le nouveau directeur prit en charge l'hôtel, Francis, toujours optimiste, s'en fut pour l'inviter à une soirée polynésienne au Mana Village. Celui-ci accepta.

De son vrai nom Michel, tout le monde l'appelait « La Ventouse ». Il aimait ce sobriquet car il expliquait une faiblesse de jeunesse, lorsqu'il avait été très collant avec les dames qu'il courtisait. Personnage jovial, il était un fêtard né et le maître absolu de l'animation. Ce succès était surtout dû a son intelligence et à sa capacité de percevoir exactement les désirs de ses clients.

Le soir de l'invitation, il se joignit aux quatre touristes venus assister à la grande soirée polynésienne. Pour commencer, le taxi s'embourba dans les ornières du chemin en terre menant au village. Ensuite, il fallut chasser la vache qui broutait devant l'entrée. Francis les reçut en grande tenue de plumes et les guida à travers le village. De plusieurs ans d'âge, les bâtiments étaient maintenant délabrés, certains toits étaient troués, et l'atelier de sculpture penchait de vingt degrés environ telle la tour de Pise.

Après qu'ils eurent observé le sculpteur à l'oeuvre, Francis leur expliqua la prochaine étape, la préparation du coco, en marchant très lentement. Lorsqu'ils entrèrent dans la case, le râpeur de coco s'avéra être le sculpteur vêtu d'un pare'u différent. A la case suivante, la *vahine* qui teintait le *pare'u* était encore le sculpteur mais cette fois-ci coiffé d'une perruque et le *pare'u* attaché à la manière des femmes. Il laissait les faux cheveux tomber devant son visage pour ne pas être reconnu. Et dans toutes les autres cases c'était toujours le même indigène. Ainsi, l' "authentique village polynésien" n'était peuplé que d'un seul "artisan" qui se changeait à une rapidité inouïe et présentait tous les métiers.

Ensuite vint le « festin », le *"Tahitian feast"*. Maintenant c'était au tour de Francis d'assumer tous les rôles. Il était le piroguier à l'arrivée du groupe de danse, qui ne consistait que de trois gentilles filles dont une avait oublié son dentier. Il devint le cavalier; ensuite il personnifia l'époux dans la cérémonie de mariage. Il grimpa sur le cocotier en pare'u pour montrer la cueillette des noix. Puis il se métamorphosa en présentateur et grand chef lors des danses. Il devint le serveur et le barman lors du repas, et pour terminer, il fut le caissier, l'hôte et le chauffeur de taxi au départ des clients.

Rarement dans sa vie La Ventouse avait assisté a un spectacle aussi pitoyable réalisé avec si peu de moyens. Toutes ces constructions dans un état délabré créaient une ambiance digne d'Edgar Alan Poe.

Il remercia son hôte et s'en alla pensif. Voyant la tête de son invité, Francis comprit que ce n'était pas encore cette année qu'il accueillerait les clients du Club Pacific.

Ainsi peut-on aisément comprendre sa surprise, lorsque trois jours plus tard, il reçut une réservation pour trente clients du Club Pacific pour le mercredi suivant. Et vingt deux pour le jeudi. Et vingt-sept pour le samedi.

Francis devint euphorique. Comme il était seul et personne n'était là pour pousser le 4X4, il fila en bicyclette remercier La Ventouse:

- « Merci, merci, La Ventouse. Tu me sauves la vie. Je croyais que tu n'avais pas aimé. »

- « Si, si! Il y a un spectacle de qualité dans ton village. Assez unique même. »

- « Ah! Je savais bien que quelqu'un reconnaîtrait un jour mon art. C'est vrai que mes filles dansent bien, non ? C'est moi qui leur ai tout appris. Et tu as vu mon village, il a de la gueule, non ? C'est comme un vrai musée. »

- « Oui, très bien. Ecoute, je vais t'envoyer des clients aussi régulièrement que possible. Viens quand même me voir de temps en temps et raconte-moi comment cela se passe. Je ne pose qu'une condition: Mes clients doivent être satisfaits. Tu sais qu'ils remplissent des questionnaires, qui vont droit au siège, à la fin de leur séjour. Alors, bichonne-les. Je compte sur toi. »

Francis pédala tout le retour fou de joie. Cent-soixante clients au moins par semaine. Il pourrait commencer à rembourser. La banque prolongerait le crédit. Il était sauvé. Les vrais croyants gagnent toujours.

Et La Ventouse tint parole. Les clients affluèrent. Tous les soirs sauf le vendredi, la grande soirée cabaret au Club Pacific. Francis profitait de ces soirées là pour aller le remercier. La Ven-

touse lui assurait que tous les clients étaient satisfaits et consi-
déraient tous leur visite au village comme un grand moment culturel. Après trois semaines de ce succès, Francis commençait à
se sentir mieux et annonça même à La Ventouse qu'il allait embaucher quelques serveuses et danseurs en plus. Malheureusement pour le pauvre Francis, aucun client du Club Pacific ne
vint les deux semaines suivantes. Il retourna voir plusieurs fois
le directeur du Club Pacific :

- « Pourquoi les clients ne viennent-t-ils plus ? Y a-t-il eu des
plaintes ? »

- « Non, aucune. Mais les clients sont drôles en ce moment.
Même les autres excursions se plaignent. Je fais tout pour les
brancher sur ton Mana Village. Mais s'ils ne veulent pas y aller,
je ne peux quand même pas leur pointer un fusil dans le derrière
pour les obliger d'assister à ton spectacle ! »

- « Il va falloir débaucher. Ces deux semaines m'ont coûté ce
que j'avais réussi à mettre de côté. »

Mais le samedi suivant, les clients réapparurent. Et cette fois
ci pendant tout un mois. Puis, plus personne encore. Francis passait du stade euphorique au stade dépressif en moyenne toutes
les cinq semaines. A chaque fois qu'il croyait que c'était bien
parti, un groupe de clients récalcitrants arrivait au Club Pacific
et le faisait rechuter au bord du gouffre, et ceci malgré les efforts
de La Ventouse.

Ce fut comme cela tout au long de l'année. Francis se dé-
fonçait, distribuait ses brochures, allait calmer son banquier avec
des montagnes de papier et de chiffres.

Mais heureusement que La Ventouse était son vrai copain.
Les clients du Club Pacific lui permettaient de survivre. Mais il
était toujours endetté jusqu'au cou.

INEVITABLEMENT, le séjour de La Ventouse à Moorea arriva a son terme. Une année s'était déjà écoulée.

Et c'est avec une grande tristesse que Francis se rendit, en portant un énorme *tiki* en bois sculpté, son cadeau, à la grande soirée d'adieu que les employés du Club Pacific offraient à leur directeur partant. Il espérait vivement, sans trop y croire, que le successeur de La Ventouse continuerait à vanter les mérites du Mana Village.

Il avait déjà bu deux whiskies lorsque La Ventouse le rejoignit au bar:

- « Viens t'asseoir sur la plage. J'aimerai te parler. »

Il prit son drink et le grand Tiki et suivit La Ventouse. Là, ils s'installèrent sur des chaises au bord du lagon, sous la grande voûte étoilée, loin de la foule. Le directeur engagea la conversation :

- « Je pars demain. Cette année à Moorea a été magnifique pour moi. Mais avant de partir, je tenais à te parler. Je te dois des explications. »

- « Mais non, mais non. C'est à moi de te remercier. Tu as été mon sauveur et le premier qui a vraiment su apprécier mon art. Je t'en serai toujours reconnaissant. Tu sais, je te considère comme mon meilleur copain. »

- « Attends un peu. Calme-toi. Ecoute-moi d'abord. Vois-tu, les chaînes hôtelières comme le Club Pacific sont dans une grande mutation. Le monde change très rapidement et nous devons changer aussi.

« Nos deux arguments de vente dans le passé ont toujours été la grosse bouffe et le « baisodrome » des vacances. Mais ils ne font plus recette. Les gens deviennent de plus en plus conscients de l'importance d'une nourriture équilibrée et d'une consommation modérée d'alcool. Et le phénomène du sida a transformé le joyeux cirque sexuel en un sordide « casino de la Mort… Alors, que nous reste-t-il ? Le sport, bien sûr, la plongée et le repos. Mais tout le monde offre cela. Alors il nous faut être créatifs. Nous ajoutons alors à nos clubs la Nouvelle cuisine légère, et surtout une nouvelle dimension : la dimension culturelle. »

- « Et donc mon village est là juste au bon moment et au bon endroit ! Comme cela tes clients peuvent découvrir les merveilles de l'ancienne civilisation polynésienne ? »

- « Ce n'est pas exactement cela, mais tu nous intéresses. Ecoute-moi bien, je vais être franc. Tu vas comprendre. Voilà ! Lorsque tu m'as invité la première fois, j'ai été ébahi par le toupet de ton spectacle. Ton village est prêt à s'écrouler. Tes toits sont troués. Si tu restes immobile dans une de tes cases, tu peux entendre les termites dévorer les poutres en cocotier. Tes pirogues sont pourries et pleines d'eau. Ton cheval boite. Il manque un quart des plumes dans ta parure. Tu n'as presque plus d'employés. Même tes filles ont perdu leur sourire. Et comme grande finale, les clients doivent pousser ta vieille bagnole dans la boue et chasser les vaches afin que tu puisses les ramener à leur hôtel. Tout cela dépasse le ridicule, Cela ressemble à une gageure. Tu es bien le seul a avoir réussi à créer un bidonville en végétaux… Il était évidemment hors de question de t'envoyer des clients qui auraient le sentiment d'être lésés. »

Francis, devenu tout rouge, lui coupa la parole:
- « C'est pas vrai ! Tu mens ! Les clients que tu m'as envoyés m'ont tous dit avoir été enchantés par mon spectacle. D'ailleurs tu as lu toi même les commentaires. Tout le monde est enthousiaste. »

- « Je sais. Je sais. Mais attends donc. Laisse moi terminer mon explication. Donc après mon retour à l'hôtel, j'ai réfléchi à ton problème. C'est là que je me suis rendu compte qu'il y a dans ton village un spectacle qui vaut le déplacement. Il suffit de bien l'expliquer auparavant.

« Vois-tu, la grande majorité des clients qui viennent à Tahiti ont lu tout au long de leur vie beaucoup de livres sur la Polynésie et sur le Pacifique Sud. Des livres de Somerset Maugham, de Michener, de Jack London, de T'stervensens, etc.

« Et de quoi parlent ces histoires ? Des déboires et des aventures d'expatriés dans un contexte tropical et exotique. De personnalités uniques et souvent pathétiques.

« Beaucoup de touristes recherchent ce genre de rencontre. C'est un grand moment intellectuel pour eux que de pouvoir être témoins de drames humains dans les îles perdues. Ainsi, à chaque arrivée d'un nouveau groupe de clients, je leur tiens le discours suivant:

"Pour ceux de vous qui recherchez l'individu exceptionnel, nous avons le parfait spécimen du romantique à la Gauguin qui est au bout de son rouleau. C'est un ancien célèbre danseur parisien qui a monté une affaire tout à fait farfelue, non loin d'ici. Cela s'appelle le Mana Village. Cela aurait dû faire faillite il y a longtemps. Mais c'est justement là où l'homme est exceptionnel. Il fera tout, mais vraiment tout, pour ne pas avoir à admettre l'échec de son rêve. Il a une énergie inépuisable. C'est un optimiste inébranlable…

« Alors il court, il grimpe, il danse, il rame, il galope, il cuisine, il sert, il conduit. Il fait tout pour ne pas avoir à admettre que son rêve ne tient pas debout. Il vous montrera quelques danses bien pitoyables, et vous servira une nourriture parfois douteuse. Mais le vrai spectacle, c'est cet homme. C'est un artiste total et un fou de la Polynésie qui crèvera pour son idéal."

« Mes clients adorent ce genre d'histoires et généralement de longues discussions s'ensuivent. Vois-tu, tu es devenu le grand sujet intellectuel du Club Pacific. Notre meilleure attraction. »

Francis était maintenant tout blanc. Il balbutia :

- « Mais ... mais... t'es méchant.. C'est pas vrai... Tiens, parfois ils ne venaient pas... Tu vois bien que tu mens ! »

- « Non, je ne mens pas. Lorsque les clients ne venaient plus, c'est parce que je ne leur parlais pas de toi. »

Francis commençait à crier maintenant :

- « Pourquoi alors, si c'était tellement intellectuel de me regarder me défoncer ? »

- « Parce que au bout de trois semaines d'une clientèle régulière, tu avais des revenus stables et tu recommençais à sourire. Tu devenais plus calme. Tu parlais même d'embaucher du personnel. Le spectacle perdait alors sa crédibilité. Alors, couic ! Je ferme le robinet pendant deux semaines. Le banquier recommence ses harcèlements au téléphone, l'huissier reprend ses visites. La corde se resserre autour de ton cou. Tu redeviens nerveux. Tu cours à nouveau comme un fou.

« Le spectacle a alors retrouvé toute sa qualité… Je ne peux quand même pas me permettre de décevoir mes clients, non ? »

Francis, blême, la bouche bée, le regardait maintenant avec de gros yeux. Il ne put prononcer un son. La Ventouse se leva lentement et ajusta son *pare'u* :

- « Allez. Viens boire un coup au bar, et ensuite on passera à table. Tu vas te régaler. Il y a de la langouste avec un petit Riesling du tonnerre.. »

Et il se dirigea vers le grand salon et les autres invités.

Cinq minutes plus tard, alors qu'il sablait le champagne avec le chef de l'île et des notables, La Ventouse entendit un immense fracas de verre brisé dans la salle. Il s'excusa auprès des dignitaires pour aller voir, mais le chef du bar accourrait déjà:

- « C'est Francis. Il est devenu complètement fou. Il est arrivé tranquillement au bar, puis, tout à coup, il a balancé son énorme Tiki en bois dans les vitrines Toutes les bouteilles sont

cassées. Les clients patinent dans l'alcool. Qu'est-ce que je fais ?
J'appelle les flics ? »

- « Non. Monte vite un bar de fortune et écrase l'affaire. »

L E LENDEMAIN, La Ventouse quitta Moorea par
l'avion de midi. Toute la matinée, son départ avait été
célébré avec une orgie de fleurs, de champagne, de chants, de
danses, d'embrassades et de colliers de coquillages comme c'est
la grande tradition en Polynésie et au Club Pacific de Moorea.

Au même moment, à quelques kilomètres de là, Francis, brochures à la main, racolait une dizaine de touristes égarés qui dé-
barquaient du ferry de Tahiti :

- « Mana Village, Mana Théâtre, rêve polynésien, *Polynesian dream,* venez visiter, *come visit* .... »

UNE COMPAGNE
TROPICALE

MARCELLINE est une demi-chinoise, comme l'on dit à Tahiti. C'est à dire qu'elle est issue de l'union d'une maman tahitienne et d'un papa chinois. C'est une chose assez courante dans nos îles et c'est bien souvent ce métissage qui produit les plus belles filles de Polynésie. Elle est née à Faanui, un petit village de pêcheurs situé au fond de la grande baie de la côte ouest de Bora Bora.

Sa maman lui donna le nom de Marcelline, car à l'époque c'était le nom de la femme du gendarme français fraîchement muté sur cette île perdue du bout du monde. Il y était inconnu jusqu'alors. Les Tahitiens aiment beaucoup les choses nouvelles.

Un nom qui ne porta d'ailleurs pas chance à cette épouse de fonctionnaire expatrié. A peine six mois après son arrivée, la dame rembarqua sur la goélette de Papeete pour un retour précipité en France. Car elle ne pouvait plus supporter la concurrence des jeunes filles de Bora Bora. Ainsi valait-il mieux repartir prétextant ne pas supporter le climat que de continuer à assister au triste spectacle d'un mari qui succombe au charme local. Elle s'en était fait une raison. Elle passera en Métropole les deux années à attendre la fin du contrat de son mari. Ce seront des vacances pour elle. Et peut-être, là-bas, prendra-t-elle de temps en temps un amant. Juste de quoi se venger. Se venger de cette humiliation qu'elle a endurée durant six mois.

Tout se sait dans une petite île comme Bora Bora. Ce n'est pas que les locaux avaient été méchants avec elle, mais elle avait trop entendu de « - *Eh, eh, ça fait pitié* » lorsqu'elle passait près de certaines dames de l'île.

C'est ainsi que l'épouse du gendarme quitta discrètement et définitivement la petite île ensoleillée sans jamais avoir compris la véritable raison de l'assiduité des filles locales pour son mari. Un mari qui n'était pourtant ni bel homme, ni étalon exceptionnel. Mais voilà, dès son arrivée, l'épouse s'était montrée hautaine et méprisante envers la petite communauté indigène. Et celle-ci, très fière, avait alors utilisé la seule arme infaillible dont elle disposait pour préserver sa dignité et maintenir le contrôle : le charme de ses filles.

Inévitablement, la femme du gendarme repartit. Le mari fut assimilé. Même l'administration de tutelle française était satisfaite d'un tel développement des choses, car dorénavant, son représentant sur place était informé sur l'oreiller de tous les petits secrets de l'île. Tout était simplement rentré dans l'ordre naturel des choses et l'île retrouva sa léthargie tropicale.

Mais revenons à l'autre Marcelline, notre demi-chinoise. Dix sept ans après le départ soudain de son homonyme, c'est une magnifique jeune fille, les longs cheveux au vent de l'alizé, qui pédale lentement sur sa bicyclette le long de la route de ceinture, un ruban de sable de corail blanc qui encercle l'île principale.

Marcelline est vraiment une très jolie fille. D'une beauté même exceptionnelle. Sa maman tahitienne lui a légué un corps musculaire, les gracieuses hanches étirées de la race Maori et surtout un cou très long. Elle fait partie de ces quelques familles polynésiennes, uniques au monde, qui ont une vertèbre de plus que les autres mortels dans le cou. C'est ce cou long qui donne à Marcelline une féminité très spéciale, car il rend l'harmonie à une carrure presque masculine. Rajoutez à cela la poitrine haute et fière des jeunes filles qui n'ont pas encore allaité, des pamplemousses comme l'on dit à Tahiti, des yeux en amandes et de long cheveux lisses noir anthracite hérités du père chinois. Dotée d'un caractère gai, riant et d'une personnalité vraiment à l'aise dans sa peau, Marcelline est réellement un spécimen exceptionnel de la gent féminine.

Elle travaillait alors à l'Hôtel Taïna, un petit établissement un peu vieillot non loin du village de Vaitape, le "centre" de Bora Bora. L'hôtel consistait en une quinzaine de petits bungalows et en un bar restaurant aux toits de pandanus placés au bord du lagon. Elle y faisait un peu de tout. Le ménage, la cuisine, le service, la réception. Tout comme les autres employées, toutes des filles, toutes polyvalentes comme le sont encore les habitants de nos îles, trop isolés pour avoir appris la complication des diplômes. Marcelline aimait bien travailler à l'hôtel. Maïté, la plus ancienne des employées, l'avait formée et lui avait appris comment parler aux clients, principalement des touristes. Les autres filles étaient toutes aussi agréables et calmes. Le personnel de l'hôtel n'était en réalité qu'une bande de copines qui faisait son travail en riant. Benoit, le directeur-plombier-mécanicien, avait assez d'intelligence et d'ennuis avec le vieux groupe électrogène pour avoir délégué aux filles la charge de faire fonctionner l'hôtel à leur guise. Ce qu'elles surent faire avec gentillesse, intelligence et à leur vitesse, donnant rapidement à l'établissement une réputation de douceur et d'authenticité reconnu dans toute la Polynésie.

Par pur instinct, elles avaient réussi à créer un petit monde en harmonie avec le rythme du clapot du lagon tropical et qui correspondait exactement à l'ambiance que les touristes espéraient découvrir dans un petit hôtel des îles. Chaque moment libre était utilisé pour fleurir l'hôtel, pour le balayer incessamment, pour le décorer avec des feuilles de cocotier et pour ratisser le sable de la plage.

L'hôtel était tout leur univers. Elles y consacraient tout leur temps, tous les jours, toute la semaine. Compter des heures ou pointer ne leur serait même pas venu à l'esprit. Elles s'y trouvaient heureuses et n'en demandaient pas plus.

Après le service du déjeuner, elles se réunissaient toutes autour de la longue table au fond d'une salle annexe, chacune devant un grand bol de café . C'était le moment sacré de la journée. C'est alors qu'elles discutaient de tout en fumant les petites cigarettes que l'on roule soi-même à Tahiti. C'était l'heure des ragots, du commérage où tout était raconté, en tahitien et en riant. Minutieusement, les clients étaient, tour à tour, analysés, commentés. Par exemple, elles pouvaient essayer d'imaginer comment le couple du bungalow 5 réussissait à faire l'amour, lui si petit et gros, elle si grande et maigre. Où bien se demander si le client du bungalow 2 était un timide ou un "pédé". Et tout cela, bien-sûr, avec de grands éclats de rires, mais jamais, jamais avec méchanceté.

U N MATIN de juin, en hiver austral, un client solitaire se présenta à la réception de ce petit monde féminin, posa sa valise à terre et signa innocemment le registre. Il ne savait pas encore que ce geste allait bouleverser sa vie.

Il se nomme Horst Werner. Horst est un Allemand de Cologne. A l'époque, la quarantaine avancée, mais pas apparente, il est grand, assez fort sans être gros, et d'une certaine élégance qui trahit une habitude des choses raffinées de la vie. Son front est encore bien garni de cheveux châtains clairs mais un nez aquilin et des sourcils très poilus lui donnent un petit air sévère. Il n'est pas ce que l'on pourrait appeler un bel homme, mais un homme bien qui rayonne la sécurité et la tranquillité.

Horst fait décidément partie de la "seconde catégorie d'hommes". En effet, la société internationale masculine se divise en trois groupes :

La première est celle des jeunes, qui font leurs conquêtes parmi la gent féminine par le "choc", c'est à dire grâce à l'impact de la fraîcheur et de la fougue de leur jeunesse.

La seconde catégorie est celle des hommes de trente-cinq à cinquante ans qui font leurs conquêtes par le "chic", c'est à dire une impression d'élégance qui est un mélange d'assurance et de vêtements forts onéreux.

Le troisième groupe, celui de l'homme au-delà des cinquante ans, n'a généralement plus qu'une corde à son arc pour espérer varier son menu féminin : le "chèque".

Choc, chic, chèque, c'est percutant et ça marche dans toutes les langues du monde.

Horst avait bien réussi dans la vie, et cela malgré une jeunesse traumatisée par les horreurs de la guerre et les privations d'un orphelin de l'après-guerre en Allemagne. Son père était mort au combat pendant de la campagne de Russie, et sa mère avait disparu lors de l'un des innombrables bombardements du centre industriel de la Ruhr. A dix-huit ans, sans formation suivie, il se retrouva ouvrier dans une usine de papier hygiénique. Quelques années plus tard, les mouchoirs en papier firent leur apparition parmi les troupes d'occupation américaines. Horst, par intuition et peut-être aussi grâce à une flexibilité d'esprit conservée par un manque de formation scolaire rigide, fut l'un des premiers à réaliser que les femmes allemandes seraient prêtes à payer fort cher pour ne plus avoir à laver des mouchoirs où l'on conserve précieusement ses microbes. Et que les grippes existeraient toujours, surtout dans les rudes hivers d'Allemagne.

Beaucoup de travail, beaucoup de persévérance, beaucoup de culot et aussi beaucoup de chance firent que vingt ans plus tard Horst se trouvait à la tête d'une entreprise qui contrôlait presque trente pour cent de l'industrie du mouchoir en papier d'Allemagne. Ensuite l'ouverture graduelle des économies au marché européen donna une nouvelle dimension aux industries de grande consommation et éveilla l'intérêt des multinationales.

Inévitablement, l'un des géants industriels fit bientôt une offre irrésistible à Horst pour son entreprise en pleine expansion. Il l'accepta et se retrouva ainsi à quarante ans dans une situation de quasi retraite et définitivement à l'abri du besoin.

Libéré du souci de ses affaires, affranchi du labeur quotidien, Horst décida alors de chercher une épouse pour partager la nouvelle liberté.

D'abord, il entreprit ses recherches en Allemagne. Là, toutes sortes de dames lui furent présentées par des amis. Des intellectuelles. Des grandes bourgeoises. Des maîtresses de maison parfaites. Même des aristocrates hautaines. Mais tous les essais se soldèrent en échec. Bien que les dames courtisées se donnèrent bien assez volontiers après avoir pris connaissance de l'étendue de la fortune de Horst, elles essayèrent toutes d'organiser sa vie une fois certaines d'avoir conquis le coeur de l'homme. D'en prendre les commandes. D'en faire une routine. Mais Horst, indépendant depuis un âge très jeune, trouvait cela vite insupportable et mit un terme rapide aux liaisons. Malheureusement, aucune de ces dames n'eut l'intelligence d'étouffer son instinct maternel excessif et dominateur et c'est ainsi qu'un parti des plus prometteurs échappa à la gent féminine allemande. Après tant de déceptions, Horst décida alors d'élargir son terrain de chasse vers l'étranger.

A l'époque, la Thaïlande était de grande mode au pays des Niebelungen. La rumeur courait que les femmes de ce pays étaient des beautés inégalées, féminines, sensuelles et de caractère soumis. Conseillé par ses amis, Horst décida donc de s'y rendre pour examiner cela de près.

Le voyage à Bangkok fut un vrai désastre. C'était l'époque où la guerre du Viêt-Nam touchait à sa fin.

Des centaines de milliers de militaires en permission avaient réussi à transformer une magnifique ville asiatique, riche en culture et tradition, en une gigantesque maison de passe. Le pouvoir d'achat de la solde en dollar des troupes américaines, australiennes et néo-zélandaises du contingent du Viêt-Nam avait radicalement bouleversé l'économie agraire de la Thaïlande. Durant ces brefs répits de l'enfer Viêt Cong, les G.I. se défoulaient dans une névrose d'apocalypse et dépensaient sans compter .

Une jeune fille assez présentable pouvait alors produire plus de bénéfices en une nuit de débauche avec un militaire qu'un fermier n'oserait espérer gagner en six mois de pénible labeur. Inévitablement, les rues furent rapidement jalonnées à l'infini par des demoiselles offrant leurs charmes contre rémunération. En sus, une multitude de vols charter en provenance d'Europe vers cette nouvelle capitale du commerce vénal ne faisait qu'amplifier le phénomène. Bientôt tout homme blanc seul a Bangkok était automatiquement perçu comme étant un individu en quête de délices charnels. L'activité de Bangkok semblait maintenant axée sur cette nouvelle industrie, la prostitution, avec tous ses raffinements.

Aussi, toute fille respectable, depuis, n'osait plus s'aventurer hors de chez elle et de ce fait devenait inaccessible.

Horst, imbu des valeurs strictes et de la rectitude de la classe bourgeoise germanique, éprouvait une forte répulsion et un dédain profond pour ce genre de commerce. Tout cela lui était franchement insupportable. Juste l'idée d'aller essayer au moins une fois un "massage" thaïlandais aurait été pour lui la cause de graves remords. Comme pour la plupart des Allemands de sa génération, son éthique était stricte et totalement inflexible. Tout et tout le monde était jugé suivant les critères impitoyables de la morale officielle des berges du Rhin. Que ce commerce puisse être la seule alternative à une vie de misère pour la majorité des jeunes filles n'aurait pas altéré son jugement. La respectabilité avant tout comptait. Voici bien une des ambiguïtés de l'âme occidentale. Car pour gagner le respect et la confiance de l'homme blanc, il faut se parer comme lui, et surtout posséder les accessoires qui font preuve d'un succès matériel.

Ceci est souvent possible dans les sociétés riches des pays industrialisés. Mais dans le Tiers-Monde, cette panoplie de "l'homme civilisé" n'est accessible qu'à quelques très rares privilégiés.

La récente explosion des moyens de communications et la prolifération des télévisions et des vidéos glorifient à outrance l'image de la réussite comme celle d'un personnage urbain qui gravite entre son four à micro-onde, son automobile et son ordinateur.

Le matraquage incessant des populations du monde avec des séries télévisées américaines ou européennes instille un nouveau barème universel de valeurs totalement incompatible avec les ressources d'un Tiers-Monde surpeuplé.

Les jeunes perdent ainsi le respect pour leurs parents et leur communauté. Ils les considèrent dorénavant comme symboles d'échec social.

Cette vulgarisation de l'audiovisuel accélère alors l'exode rural, déstabilise la production alimentaire traditionnelle et crée un nouveau sous-prolétariat de bidonvilles.

Les valeurs éthiques et communautaires des populations agricoles, le tissu culturel même des contrées tropicales, sont mortellement atteintes car elles se retrouvent dévalorisées par l'introduction de standards cruellement éphémères.

La nouvelle génération sevrée avec ces modèles d'aisance facile sera inévitablement confrontée à une immense frustration, car elle ne pourra jamais même espérer accéder à un tel niveau de vie.

Le Tiers-Monde commence déjà à être bouleversé par des troubles sociaux graves et continuels engendrés par l'insatisfaction de ses populations à ne pouvoir participer à ce mode de vie banalisé par les médias.

Les nouveaux mouvements intégristes Islamiques rejettent farouchement toute valeur occidentale et attirent ainsi la jeunesse des pays du Tiers-Monde musulman. Ils ne sont en réalité que le début d'un réflexe face à la frustration. Car ils sont pour le moment les seuls à proposer un regain d'une dignité perdue dans la course futile vers la consommation. Malheureusement les élites de ces pays émigrent vers les sociétés nanties pour apaiser leur désir de biens matériels. Ceci équivaut alors à un triste Plan Marshall du Tiers-Monde à l'encontre des pays riches et industrialisés. Avec la fuite de cette élite s'évaporent les années de formations très coûteuses des cadres supérieurs, des médecins, des techniciens, et c'est tout l'espoir d'un futur meilleur pour les pays sous-développés qui s'envole.

La télévision et la vidéo se sont transformées en une nouvelle arme de colonisation qui se révèle être infiniment plus puissante que la mitrailleuse Gattling. Ce phénomène nouveau est devenu franchement indécent car il équivaut à manger du caviar et boire du champagne en présence de personnes affamées.

Le monde occidental devrait prendre conscience des effets à long terme de l'étalage de ses luxes, car les populations frustrées du Tiers-Monde pourraient être tentées un jour de casser la vitrine pour piller le magasin. Peut-être peut-on mieux comprendre ainsi l'enthousiasme des jeunes filles de Bangkok et d'ailleurs à vendre leur corps pour tenter de tâter un peu du monde "moderne".

Mais Horst ne voyait pas les choses sous cet angle. Il lui fallait mépriser ces filles qui, au fond, essayaient seulement de lui ressembler et utilisaient leur seule possession, leur corps, pour y parvenir.

L'arrogance du monde industriel est bien illogique parfois. Et cruelle.

Le soir, Horst fit part de son indignation et de sa grande déception à un Australien avec lequel il partageait une table au "coffee-shop" de l'hôtel. Celui-ci écouta longtemps les plaintes de Horst et la description de la femme idéale que celui-ci recherchait. Franchement ébloui par autant de rectitude et de prétention, l'Australien lui suggéra de tenter sa chance à Manille, lui assurant que les Philippines devaient certainement pouvoir offrir un oiseau rare de vertu, de beauté et de soumission, une femme digne des standards exigeants de la bourgeoisie teutonique.

Horst ne vit malheureusement pas le sourire coquin lorsque l'Australien lui souhaita un bon voyage et le succès de son entreprise.

Trois jours plus tard, à Manille, Horst découvrit une petite réalité du monde moderne qu'il n'aurait jamais osé soupçonner.

La capitale philippine était aussi devenue le point de rendez- vous des homosexuels pédophiles, et une majeure partie de ces anormaux sexuels étaient des compatriotes de Horst. Un peu partout dans cette grande ville grouillante de vie et aux odeurs exotiques, il se voyait proposer de jeunes garçons pour des ébats sordides dès qu'il lui arrivait de décliner sa nationalité.

Jamais de sa vie il n'eut aussi honte. Il était dégoûté. Il fut horrifié de découvrir ainsi que sa société, qu'il considérait tellement parfaite et supérieure, pût produire de sinistres détraqués qui se rendent aux antipodes pour assouvir clandestinement leurs fantasmes inavouables. Et la grande distance indiquait que ces anomalies n'étaient certainement pas le privilège d'une quelconque classe inférieure. Bien au contraire.

Son univers, jusque là fondé sur des certitudes de supériorité et sur une éthique quasi biblique, en prit un sacré coup. Il n'osa plus sortir de son hôtel. Peut-être avait-il peur de rencontrer une connaissance.

Il se cantonna donc dans son palace et passa plusieurs soirées à s'enivrer au bar.

C'est ainsi qu'il noua une amitié avec Boris, le barman de l'hôtel Exelsior Manilla.

Boris était un septuagénaire aux cheveux blancs comme neige et encore étonnamment svelte pour son âge. Il était l'un des derniers survivants de la communauté d'innombrables réfugiés "russes blancs" que l'on pouvait croiser jadis un peu partout en Extrême Orient, de Shanghaï à Perth, en passant par Singapour et Hong-Kong.

Comme leurs confrères d'Europe, ces fugitifs du Bolchevisme Soviétique espérèrent plus d'un demi siècle le moment du retour triomphal vers la bonne vieille Mère Russie. Durant cinquante ans, ils considérèrent la chute du régime communiste imminente et inévitable. Cinquante années interminables qui furent surtout consacrées à comploter et à former des gouvernements fantômes.

Chaque grande ville d'Orient comptait alors au moins un café intellectuel avec son Gouvernement Impérial des Russies en exil. Et comme leur retour était toujours assurément pour l'année suivante, toute entreprise d'intégration sérieuse ou création d'un commerce durable étaient perçus comme acte défaitiste et aveu de trahison par la communauté d'exilés.

C'est la raison pour laquelle la quasi-totalité de l'élite éduquée de Russie gaspilla son existence à exercer les petits boulots de l'homme blanc en Orient et dans le Pacifique.

Interprètes, concierges d'hôtels, employés de banques et de compagnies maritimes ou guides touristiques, la majorité vivait en quasi-indigence dans un univers du temporaire permanent, méprisée par toutes les autres classes sociales de ces pays, fussent-elles indigènes ou européennes.

En fin de compte, l'idéalisme et l'obstination de cette génération déracinée, qui espérait réintégrer ses privilèges dans une société féodale disparue à jamais, n'aura servi qu'à démontrer clairement une vérité de l'histoire: La futilité et l'impossibilité d'un retour vers "le bon vieux temps".

Boris avait intensément vécu cette diaspora. Il était même un ex-ministre des Affaires étrangères en exil (chacun eut le droit d'être au moins une fois ministre. Cinquante ans, c'est long). Ses fréquents voyages, à ses propres frais bien sûr, pour maintenir les contacts entre les diverses communautés d'exilés lui ont assuré une vie très variée et mouvementée. Il était une vraie encyclopédie vivante et il connaissait chaque ville, chaque port (et chaque bar) de Colombo à San Francisco.

Boris eut pitié de Horst en le regardant essayer de noyer son chagrin au bar durant deux jours. Il se joignit donc bientôt à lui pour l'aider à vider les bouteilles d'excellent vin australien. Le travail essentiel d'un bon barman n'est-il pas d'être un père confesseur pour ces âmes perdues qui viennent chercher compagnie et réconfort au confessionnel laïque ?

Boris écouta durant de longues heures et de nombreuses bouteilles les lamentations de Horst. Ensuite, il prit le temps de vider encore une autre bouteille pour mieux réfléchir. Finalement il se pencha vers Horst et parla :

-« Je suis un vieil homme qui a presque tout fait ce qu'il est possible de faire dans une vie. J'ai bourlingué partout. J'ai attrapé la plupart des maladies honteuses ou tropicales. Ma vie a été une série d'aventures. Je ne regrette rien.... Sauf peut-être une chose. De n'être pas resté avec ma Polynésienne. La seule femme qui ait jamais su me donner un moment de vrai repos, de paix, de bonheur. La seule femme qui m'ait apprécié et aimé pour l'homme que j'étais... En réalité rien qu'un pauvre bougre simple et foncièrement bon... Elle n'était pas comme les femmes blanches qui ne sont jamais satisfaites avec leur homme et qui ne savent apprécier les choses qu'après les avoir perdues...»

Il avala une gorgée de vin:

- « C'est aux Iles Tonga que j'ai vécu avec ma Polynésienne. Il y a vingt ans déjà. Elle s'appelait Saloté, comme la reine. Ça veut dire Charlotte. Elle avait un corps superbe. Des longs cheveux noirs jusqu'au fessier. Un vrai Gauguin. Cette chevelure était notre seule couverture lors des nuits fraîches de l'hiver austral. Elle avait le calme et la fierté des Polynésiennes que l'on ne peut décrire, il faut les avoir vécu. Et en plus, elle était travailleuse et minutieusement propre comme toutes les femmes de là-bas.

« Je naviguais alors comme subrécargue sur la Tiare Taporo, la grande goélette de la Maison Donald. Nous commercions en coprah, nacres et perles entre Suva et Papeete. Un jour, je me suis cassé une jambe en sautant dans la cale. Le bateau me laissa en convalescence à Vava'u, une île du groupe Nord des Tonga, jusqu'à leur prochain passage. Il ne revint me chercher que quinze mois plus tard. Quinze mois de bonheur. J'aurais dû y rester. Je serais alors aujourd'hui entouré de mes enfants et petits enfants, quelque part sur une île au milieu du grand océan.

« Mais les copains du gouvernement provisoire ne me l'auraient jamais pardonné. Je serais devenu un traître, un lâcheur, pour eux. Mais ils sont tous morts aujourd'hui. Je suis l'un des derniers. Et me voilà tout seul. Vraiment seul. Au fond, être seul devient seulement insoutenable lorsqu'on est vieux.»

Boris s'effondra en sanglotant sur le bar et maintenant, c'était Horst qui ouvrit une bouteille pour tenter de le consoler. Boris but une gorgée et continua en sanglotant et en toussant :

« Alors, je te conseille de te rendre aux Tonga... sniff, sniff.... prends ton temps ...sniff.... apprends leur patience... apprends à voir la beauté des choses, l'innocence d'un sourire ... la bonté des gens.... sniff, sniff,.... ne cherche plus toujours le défaut chez l'autre pour te prouver que tu es meilleur ...sniff, sniff ...Et ne juge pas tout selon les barèmes de chez toi .... »

Boris sanglotait maintenant continuellement. En pensant à sa vahiné polynésienne, le vieil homme était retombé dans cette mélancolie si unique aux Russes. Dix minutes plus tard il tomba silencieux, Ce n'est que lorsqu'il commença à ronfler que Horst se rendit compte qu'il s'était endormi.

HUIT JOURS furent nécessaire à Horst pour arriver aux Royaume des Tonga. Huit jours à attendre des avions à Auckland, Nouméa, et Fidji. Mais malgré les innombrables hôtels, les interminables navettes d'aéroport sur des pistes poussiéreuses, la fatigue des décalages horaires, Horst avait retrouvé l'espoir dans les paroles éthyliques du vieux Russe. Tonga était devenu sa terre promise et il s'en rapprochait tous les jours.

Le destin, parfois, nous réserve les coïncidences les plus étonnantes, quelque fois même incroyables. Horst en fit la découverte lors de son arrivée au Royaume des Tonga, une dizaine d'îles situées à cheval sur la 180ème longitude, la ligne de date, et juste au dessous de l'équateur. Quelques quatre vingt dix mille Polynésiens y vivent précairement sous l'oeil bienveillant du gros roi Tupou IV, descendant direct d'une longue dynastie de chefs guerriers.

Déjà à l'aéroport, Horst sentit que quelque chose de bizarre était en cours. L'officier de l'émigration, voyant son passeport, lui remit un papier portant une adresse manuscrite et répéta poliment et avec un grand sourire :

-« Rapatriement, rapatriement !" »

Par la vitre du taxi qui l'emportait vers le Dateline Hotel, Horst aperçut quelques rues poussiéreuses bordées de grands flamboyants multicolores et inondées de soleil tropical. Elles constituent Nuku'Alofa, la capitale de l'archipel des Tonga.

Mais ces artères étaient aussi envahies par des milliers d'individus aux cheveux longs et aux barbes crasseuses, des femmes vêtues de robes longues. Tous des Européens. Certains étaient assis sous les immenses flamboyants, leurs dos contre les troncs et une guitare posée à leur côté, Au centre de la ville, il crut apercevoir un immense village de tentes sur la grande pelouse immaculée qui s'étire devant le palais royal, un bâtiment style Victoria aux toits rouge.

Il demanda au chauffeur de taxi qui étaient ces gens. La réponse gênée fut qu'ils étaient des hippies allemands.

Il obtint l'explication complète et détaillée à la terrasse de l'hôtel où il fut assailli par des jeunes qui reconnurent en lui un compatriote fortuné et se firent inviter :

Sa Majesté Tupou IV, roi des Tonga, avait récemment visité la République fédérale d'Allemagne pour signer un traité d'amitié. Par la même occasion, il demanda quelques subsides pour son petit pays de pêcheurs et d'agriculteurs. Le gouvernement allemand, voyant Tonga beaucoup plus grand qu'il ne l'est en réalité, accorda une somme maintes fois plus large que le gros roi n'aurait jamais osé espérer. Alors, dans son enthousiasme, le souverain comblé fit un long discours chaleureux invitant tous les citoyens allemands qui le désiraient à se rendre aux Tonga. Ils y seraient les bienvenus. Ce discours fut retransmis par toutes les chaînes de télévision et reproduit dans tous les journaux. Hélas, Sa Royale Majesté avait pensé à des touristes, mais beaucoup d'Allemands comprirent ce discours comme une invitation à l'immigration. Surtout la jeunesse des milieux hippies et verts.

Ainsi, dans les milieux pacifistes et écologistes allemands, l'on rêva vite d'îles désertes aux plages vides et bordées de cocotiers, loin des centrales nucléaires, des missiles russes et des pluies acides.

Certains vendirent immédiatement tous leurs biens, leurs caravanes, leurs champs de tomates macro-biotiques. Pour acheter des billets d'avions vers les îles Tonga où le gros et gentil roi devait les attendre avec impatience. Des communautés hippies entières décidèrent ainsi de s'exiler dans l'Océan Pacifique. Jamais Majesté ne fut aussi surprise. Le petit pays fut littéralement envahi par une horde hirsute, barbue et largement démunie. Maintenant, malgré la torpeur de la chaleur tropicale, les relations germano-tongiennes étaient devenues glaciales. Un agent consulaire allemand arriva vite de Canberra pour rapatrier tout ce beau monde avec leurs guitares, gosses braillards et graines de cannabis. Horst décida de partir au plus vite, car tout ce qui était allemand n'était, à cette époque, pas trop populaire aux îles Tonga.

De retour à Pago Pago *(cela se prononce Pango Pango),* Horst embarqua sur le premier avion en partance de la région du Pacifique central. Le hasard voulut que le vol fut vers Tahiti.

Tout au long des quatre heures dans le jet, sa voisine, une vieille Américaine aux cheveux roses et à la mauvaise haleine ne cessa de lui vanter le charme et le calme de l'île de Bora Bora.

Fatigué par ses longs voyages et épuisé émotionnellement par toutes les déceptions successives., Horst décida de faire une ultime halte afin de se reposer avant de rentrer en Allemagne. Il avait maintenant définitivement abandonné tout projet de chercher une compagne tropicale.

Or le lendemain matin, le destin voulut que Horst posa sa valise devant la réception de l'hôtel Taïna, le petit monde de Marcelline.

IL DORMIT d'abord durant vingt-quatre heures, profitant du "Mara'amu", un vent frais et sec du Sud bienvenu après les chaleurs humides de Pago Pago et Manille.

Les filles de l'hôtel le laissèrent seul les trois premiers jours. Elles le servaient avec un sourire mais en silence et Horst passa son temps à lire, à se faire bronzer et à pédaler une vieille bicyclette rouillée autour de l'île.

Le quatrième jour, Maïté lui demanda timidement combien de temps il comptait rester à l'hôtel. Elle devait organiser ses réservations. A ce moment Horst réalisa qu'il avait trouvé une sorte de havre de paix. Il demanda donc à rester deux semaines supplémentaires. Il commençait tout juste à émerger de l'après-choc des désastres consécutifs de son long voyage. Pour la première fois de sa vie, il était sans projet, sans rendez-vous, sans obligation, sans délai. Il avait trouvé une paix jusqu'alors inconnue. Et cela à l'autre bout du monde.

Lentement, il commençait aussi à devenir conscient du monde qui l'entourait où il avait atterri par pur hasard. Il se mit à observer ce groupe de filles qui faisait fonctionner l'hôtel. Il regarda d'abord avec curiosité puis, peu à peu, avec les yeux d'un homme. Ce qu'il vit ne lui déplut pas. Les cinq filles étaient toutes belles à leur façon. Toutes avaient le rire et la gaieté, ce qui est déjà la moitié de toute beauté.

Voyant qu'il restait à l'hôtel les filles, elles aussi ,lui découvrirent un nouvel intérêt. Elles commencèrent à lui parler, à lui poser des questions, à le taquiner. Toujours avec respect, mais de plus en plus franchement, sans fausse modestie. Il se laissa prendre au jeu, amusé.

Bientôt, il se rendit compte qu'il attendait avec impatience l'heure des repas, la moment où les filles mèneraient leur petit ballet autour de sa table. Il se sentait adopté et cela lui plut infiniment.

Au début, il ressentait une préférence pour Maïté. Peut-être est-ce parce qu'elle était plus mûre, plus assurée, plus sérieuse que les autres filles. Mais il ne le montra pas, et joua le petit flirt avec toutes. Ce qui rendait les filles de plus en plus amusées.

Quatre jours après son arrivée, il se sentait totalement à l'aise à l'hôtel et en avait adopté le rythme.

Le samedi soir, il invita toute la joyeuse bande à aller danser au night-club local, une grande bâtisse au toit de feuilles de cocotier avec une piste de danse ouverte sur le lagon.

La musique tahitienne y était amplifiée à outrance par d'immenses haut-parleurs mais l'absence de murs rendait cela supportable et assurait aussi une excellente aération.

Ils prirent tous un drink au bar. Ensuite les filles se dispersèrent dans la salle parmi les différents groupes de jeunes, pour discuter avec des copains et des copines. Bora Bora est une petite île, et tout le monde se connaît. Horst s'assit à part et observa le cadre. L'orchestre était presque caché par les amplis et les immenses baffles. Des bancs en tronc de cocotier entouraient la piste, occupés par beaucoup de jeunes, leur drink à la main ou posé à terre devant eux.

L'orchestre jouait un tamouré que deux couples dansaient. Les filles étaient superbes avec leur pareu attaché autour des

hanches. Elles suivaient la cadence des tambours, encoura-
gées par les applaudissements et les cris des spectateurs. Horst
admira la grâce des mouvements et se laissa réchauffer par le
rythme de la musique et l'ambiance exotique de la fête.

Quelques danses plus tard, l'orchestre enchaîna un slow.
Horst se dirigea alors vers Maïté et poliment l'invita à danser.
Comme l'on invite poliment en Allemagne. C'est à dire qu'il
se planta tout droit devant elle, les bras le long du corps, cla-
qua sec les talons et se courba profondément en avant. Cela
fit son effet : L'orchestre s'arrêta net au milieu du morceau.
Les danseurs enlacés aussi. Maïté, le regardant avec de gros
yeux ronds, la main devant la bouche, pouffa de rire. Il resta
là tout bête et pantois. Puis, la salle entière éclata de rire.

Finalement, l'orchestre reprit son morceau. Horst était
resté immobile, tout rouge, devant Maïté. Embarrassé, il se dirigea vers le bar, pensant qu'il y avait peut-être une règle dans
l'île qui interdisait à Maïté de danser. Il resta longtemps au
bar et but deux gin-tonics pour se redonner du courage.
Voyant Marcelline assise seule depuis longtemps, il se dirigea
vers elle et l'invita à danser. De la même manière. L'effet fut
le même qu'auparavant. L'orchestre s'arrêta, la foule éclata de
rire. Honteux, Horst s'enfuit alors hors du dancing. Il ne comprenait pas. Il avait pourtant été correct et poli.

C'était un homme triste et meurtri qui marchait maintenant le long de la route. Une demi-lune qui se reflétait sur le
lagon plat comme un miroir éclairait faiblement son chemin.
Un scooter pétarada derrière lui puis s'arrêta à sa hauteur.
C'était Marcelline.

- « Monte! » lui dit-elle. Ce qu'il fit machinalement. Elle
démarra et ils roulèrent une dizaine de minutes en silence.

Horst se rendit soudain compte de l'absurdité de sa situation. Un homme mûr, désemparé, rescapé par une jeune fille

dont les longs cheveux volaient au vent et lui caressaient le visage. Le monde à l'envers.

Elle s'arrêta au bord d'une plage, puis elle s'assit sur le sable et regarda en silence le lagon. Horst s'assit à côté d'elle, mais à une certaine distance. Elle commença à parler, s'excusa pour le comportement des autres. Elle lui expliqua que pour inviter une fille à danser, il faut juste lui attraper la main et tirer. Puis elle se tut.

Ils restèrent longtemps ainsi, assis côte à côte, en silence, à regarder les reflets argentés sur les vaguelettes du lagon. Il se mit à bien observer Marcelline du coin de l'oeil. C'est seulement à ce moment là, au clair de lune, qu'il réalisa que ce n'était pas une gamine riante, mais une femme d'une beauté exceptionnelle qui était assise à ses côtés.

Il resta plus de deux mois à Bora Bora. Il courtisa Marcelline, assez timidement au début, puis plus intensément lorsqu'il réalisa qu'il ne lui était pas indifférent.

Elle avait reconnu en lui un homme bon, et l'encourageait avec la complicité des autres filles. Ils devinrent amants une semaine après le fiasco du dancing. Horst tomba alors éperdument amoureux de Marcelline.

En toute logique, il lui demanda bientôt de l'épouser et de le suivre en Allemagne.

Elle demanda à réfléchir plusieurs jours, en discuta avec sa mère et les autres filles. Puis elle lui donna sa réponse :

- « Je veux bien venir avec toi chez toi. Mais pas de mariage pour le moment. Le mariage c'est sérieux. Je n'ai jamais voyagé, et les copines me disent d'en profiter. Alors essayons. Mais j'ai peur de rester longtemps loin de mes parents et de mon île. Tu dois me promettre que je pourrais rentrer quand je le voudrai.» Il promit, mais il fut triste qu'elle lui ait refusé le mariage.

Comme beaucoup d'hommes sensibles, il souffrait d'une insécurité inexplicable malgré ses grands succès dans les affaires. Il avait un doute tenace qui était profondément ancré au fond de lui même. Et son éthique germano-chrétienne le culpabilisait de vivre avec la jeune fille hors du mariage. Cela lui parut un peu comme une escroquerie. Epouser Marcelline eut été comme payer comptant, donc dans les règles.

Pour Marcelline, issue d'une culture différente, les raisons étaient autres. Le mariage était trop sérieux, car il impliquait Dieu et était ainsi définitif. Elle aimait bien Horst, il était gentil et sérieux, mais elle devait essayer d'abord pour être sûre. Et elle se sentait trop jeune pour faire le grand pas. Qu'elle fut sa maîtresse n'avait pas d'importance, ni le fait qu'elle pourrait avoir un enfant de lui. Partager son lit n'est pas un appât ni un point de négoce pour une Polynésienne. Pourquoi le serait-il, puisque les deux partenaires en tirent plaisir ?

TOUT LE VOYAGE de Tahiti vers l'Allemagne, Marcelline le vécut terrifiée, recroquevillée en position fétale sur son siège. Elle subit les vingt-trois heures de vol comme un cauchemar, refusant de boire, de manger dans l'avion. Ce n'est qu'après trois changements d'avion qu'ils arrivèrent tard le soir à Cologne. Bien que fatiguée, Marcelline était éblouie par les millions de lumières d'une grande ville. Elle demanda à Horst:

- « A quelle heure éteignent-ils le groupe électrogène ? »

- « Jamais, les lumières restent allumées toute la nuit.»
- « *I-aa*, vous aimez bien gaspiller ! »

Arrivé à l'immeuble, Horst dût monter à pied les quatre étages. Marcelline refusa net de s'enfermer dans "cette boîte", l'ascenseur.

Fatigué, il lui montra la salle de bains, lui expliqua la baignoire, comment la remplir, car il n'existe que des douches dans les îles. Un peu plus tard, il vint vérifier si tout allait bien. Il trouva Marcelline assise en *pare'u* et petite culotte dans la baignoire.

- « Pourquoi ne te déshabilles-tu pas ? »
- « Je suis une fille respectable. Je ne nage pas   nue ! »

C'est alors que Horst comprit qu'il n'allait pas s'ennuyer.

Les jours suivants furent consacrés à la découverte des magasins. Il fallait constituer toute une garde-robe de climat froid pour Marcelline. Les chaussures posèrent un grand problème. Impossible de faire entrer ces pieds qui n'avaient jamais connus de restriction dans un soulier. Le vendeur du magasin était en extase devant Marcelline :

-« C'est la première fois que je vois des pieds à l'état naturel. Que c'est beau ! »

Finalement, Marcelline, toute fière, quitta le magasin avec des espadrilles taille quarante-quatre.

Horst était tout fier de se promener en ville avec Marcelline. Tout le monde se retournait pour la suivre du regard. Les gens étaient surtout impressionnés par la longue et luxuriante chevelure noire. Certains essayaient de la toucher, et une femme osa même tirer les cheveux pour voir s'ils étaient naturels. Mais Marcelline ne s'en offusqua pas. Elle rit de l'incident.

Chaque fois qu'ils pénétraient dans un grand magasin, la seule chose qui émerveillait vraiment Marcelline, Horst vit que quelqu'un se détachait régulièrement de la caisse et les suivait discrètement en faisant semblant de ranger ou d'étiqueter la marchandise. D'abord, Horst crut que c'était par admiration. Mais, lorsqu'au quatrième magasin, ils furent suivis par une dame âgée, Horst eut ses doutes. Discrètement, il questionna la vieille :

- « Pourquoi suit-on toujours cette fille dans les magasins ? »

- « Vous savez, c'est normal, nous nous méfions des tziganes. L'on ne sait jamais ! » répondit-elle.

Horst essaya de lui expliquer que Marcelline n'était pas une gitane mais une Tahitienne. Cela n'impressionna nullement la dame. Pour elle, cette fille était différente, donc suspecte. Horst fut très peiné par cet incident. Voici tout un peuple qui rêve de Tahiti et de ses vahinés, et lorsqu'un spécimen des îles se présente, on ne pense qu'à le soupçonner de vol à la tire.

Par la suite, d'autres incidents, même avec ses meilleurs amis, démontra à Horst combien il est difficile d'être différent dans sa société. Pour la majorité des gens, tout ce qui ne correspond pas à la norme de médiocrité moyenne est considéré soit négatif, soit inférieur. Plus personne n'a ni le temps, ni la volonté, d'essayer de comprendre une autre mentalité, c'est à dire franchir le seuil vers un univers avec des valeurs parfois plus humaines. Peut-être est-ce là la grande différence entre les pays industrialisés et les autres. L'on peut se rendre dans un village au fin fond de l'Afrique, du Pérou ou d'une île du Pacifique, et lorsque vous parlez, les gens prennent le temps pour vous écouter, pour essayer de vous comprendre. Mettez un Africain ou un latino-américain dans une bourgade d'Europe, et il sera observé avec suspicion, voir hostilité. Personne ne voudra lui parler, encore moins l'écouter.

Mais organisez une conférence payante pour expliquer l'une de ces cultures et ses valeurs, et beaucoup de personnes vont venir et faire un effort sincère pour s'intéresser à ces sociétés. Il semble que ce soit la gratuité et la spontanéité qui sont dorénavant considérées comme suspectes.

Heureusement, Marcelline ne comprenait pas la langue et ne se rendit compte de rien. Mais Horst dût quand même lui demander de changer quelques habitudes, telles que dire bonjour ou sourire à tout le monde. Certains hommes méprenaient trop vite les politesses pour une invitation.

Malgré ces quelques incidents, Horst était maintenant un homme heureux. Marcelline avait entièrement décoré l'appartement. Elle avait accroché des tissus de couleur partout et transformé les chaises en petites tables sur lesquelles étaient exposés tous les objets qui brillent, qui ont de la couleur. Très rapidement, elle devint la meilleure cliente du fleuriste du coin, et transformait petit à petit l'appartement en une mini-jungle de plantes grasses, d'orchidées et de philodendrons. Chaque pichet ou théière avait été converti en vase, en pot de fleurs.

Horst la laissa faire avec compassion. Il avait compris que c'était l'absence de nature qui pesait le plus à Marcelline. Elle n'essayait que de recréer un environnement qui lui était familier dans l'appartement du quatrième. Ce n'est pas la grande cathédrale, ni les grands immeubles, ni les ponts majestueux sur le Rhin gris qui avaient impressionné Marcelline, mais les massifs de fleurs des parcs publics. Il lui arrivait de passer des heures à contempler attentivement toutes ces plantes inconnues.

Mais autre chose manquait aussi à Marcelline. C'était de rire avec ses copines, parler avec ses parents, être à la lumière, au soleil. Avoir de l'espace pour bouger, pour courir, sans être constamment sur ses gardes. Le magnifique appartement qui était la fierté de Horst était une boîte pour Marcelline.

Elle commençait à avoir le mal du pays.

Parfois la nuit, après avoir regardé l'album photo qu'elle avait apporté dans ses bagages, il lui arrivait de pleurer. Toujours lorsque Horst dormait fermement, car elle ne voulait surtout pas le peiner.

Mais Horst se rendait compte que quelque chose n'allait pas. Un certain éclat commençait à manquer dans l'oeil de Marcelline. Il pensa qu'elle s'ennuyait. Il entreprit donc de l'initier à la culture allemande.

Il visitèrent d'innombrables châteaux, des villages pittoresques, des vestiges anciens. Cette frénésie d'excursions plut beaucoup a Marcelline. Horst fut très encouragé.

C'est cela qui le décida de faire goûter sa belle Tahitienne aux délices de la grande musique classique. Au monde de l'Opéra, sa grande passion.

Il tenta de commander des billets à l'Opéra de Cologne, pour la semaine suivante. Alors aurait lieu une présentation de Tannhauser, de Wagner, avec toute la troupe de la Scala de Milan. Une soirée exceptionnelle qui était considérée comme l'apogée de la saison culturelle de Cologne. Tout le beau monde de la ville serait là, même le Premier ministre. Horst dût payer fort cher pour obtenir au marché noir deux places de premier rang. Mais cela n'avait pas d'importance. Il avait décidé que cette sortie à l'Opéra serait l'introduction de Marcelline à la haute société de la ville. Il voulait être assuré que tout le monde la verrait bien, là devant, au premier rang.

Pour la première fois de sa vie, Horst s'offrirait le luxe de vraiment « épater la galerie ». Il savait que tous ses amis, et certainement aussi quelques-unes de ses anciennes maîtresses, seraient présents.

Un grand couturier confectionna une magnifique robe de soirée pour Marcelline. Horst choisit un modèle collant noir et lamé argent, avec une fente à la Susie Wong sur le côté. Des chaussures à talons sur mesure furent spécialement cousues pour accommoder les grands pieds de Marcelline.

Le grand soir venu, Horst fit une entrée vraiment très remarquée à l'Opéra de Cologne. Il avait mis son smoking en soie italienne, un gardénia à la boutonnière, et ses chaussures en croco. Marcelline était absolument époustouflante, son corps parfait moulé dans la nouvelle robe et un orchidée rouge vif attaché dans ses magnifiques cheveux.

Leur arrivée créa un vrai attroupement. Toutes les nombreuses connaissances et amis de Horst se pressaient autour d'eux pour être présentés à Marcelline qu'ils traitaient comme une princesse. Ils le félicitèrent et lui avouèrent leur envie.

Horst était aux anges. Il n'avait jamais été le sujet de tant de sollicitude. Marcelline était un peu effrayée par cette popularité mais se raccrochait bravement à son petit sac en souriant.

La sonnette retentit et, lentement, tout le monde se dirigea vers la grande salle. Marcelline fut émerveillée par l'immense auditoire, les nombreux lustres aux mille reflets et les décorations baroques. Elle se pencha même en avant pour mieux voir la fosse d'orchestre devant eux, ce qui lui valut quelques saluts amicaux des violonistes.

Horst avait préparé Marcelline pour cette soirée en lui expliquant qu'elle allait y entendre la plus belle musique et les plus admirables chansons qui existent. Ainsi, c'est avec impatience qu'elle attendait l'éblouissement.

Malheureusement, Horst ne savait pas que les Tahitiens ont surtout deux choses en horreur: La musique classique et les sopranos. Ils leur sont quasiment insoutenables, et cela pour les raisons suivantes: la seule musique classique que l'on entend à Tahiti est un petit air de Bach qui est joué à la radio après l'annonce des avis de décès du jour. Ainsi toute musique classique est perçue par les Tahitiens comme la "musique des morts". Et une soprano est une femme qui hurle. Ce qui, à Tahiti, est le sublime du mauvais goût.

Les lumières s'éteignirent, la salle devint silencieuse et l'orchestre commença à jouer l'ouverture. Les notes pesantes de Wagner emplirent la salle. Marcelline fut d'abord surprise, puis attrapa le bras de Horst :

- « C'est ça, ta musique ? »

- « Non, non, attend ! Le rideau va se lever.»

L'ouverture continua, grave et interminable, et Marcelline s'impatientait de plus en plus :

- « Allez, je veux partir. C'est «"*fiu*" ! » (ras-le-bol).

- « Attend, ça va commencer tout de suite ! »

Effectivement, l'immense rideau se leva et un décor gran-diose de Forêt Noire apparut. La grosse diva italienne, debout sur la gauche juste face à eux, gonfla énergiquement son torse et commença à chanter un air. L'enchantement de Marcelline pour le décor se transforma vite en énervement :

- « Pourquoi crie-t-elle comme ça ? On lui fait du mal ? »

- « Mais non, mais non. C'est ça la chanson ! »

- « Ce n'est pas chanter ça. C'est crier. Tu ne peux pas lui dire de crier moins fort ? »

Leur conversation commençait à susciter des : *« psst, psst, silence s'il vous plaît ! »* de la part des voisins indignés, le gratin de la haute société locale. Horst commanda tout bas à Marcelline d'être silencieuse. Ce qui l'énerva encore plus. Elle commença à tirer sa manche en disant:

- « Viens! C'est horrible. Je veux rentrer ! »

- « Psst, on ne peut pas partir. Patience. Ecoute comme c'est beau. »

Mais plus le temps passait, plus la grosse diva chantait et plus la tension de Marcelline montait. Elle ne pouvait vraiment plus supporter ces cris sauvages. Elle demanda encore deux fois à Horst de partir, mais il ne faisait que répéter :

- « Psst, psst, écoute cette superbe harmonie.»

C'en fut trop. Soudain, Marcelline se leva tout droit, et d'une voix encore plus forte que celle de la grosse soprano, hurla :

- « *Fiuuuu* !!! »

La diva bloqua net au milieu de son air. Le chef d'orchestre laissa tomber sa baguette. La musique s'arrêta. Des murmures commencèrent dans la salle.

Marcelline marchait maintenant le long de la rangée vers l'allée centrale, distribuant, avec ses belles chaussures neuves et pointues, des coups de pieds dans chaque jambe qui se présentait devant elle. Les notables hurlèrent de douleur et d'indignation.

Une panique générale s'installa au premier rang. Personne ne comprenait ce qui se passait. Les lumières de la salle s'allumèrent. Les pompiers accoururent. Mais Marcelline, furieuse, continua impassiblement son chemin vers la sortie, frappant tout ce qui se trouvait sur son chemin. Elle était suivie par le pauvre Horst au pas de course. Il demandait pardon à droite et à gauche, s'excusait, essayait en vain d'expliquer. La porte de sortie de l'opéra fut une vraie délivrance.

Ainsi, effectivement, l'introduction de Marcelline à la haute société de Cologne fut très, très remarquée. Plus d'une demi-heure fut nécessaire pour réanimer la soprano évanouie, pour apaiser la salle et pour redémarrer la performance. L'incident fit la manchette des journaux du lendemain.

PENDANT un mois Horst se cacha avec Marcelline pour laisser les esprits s'apaiser. Ils se réfugièrent dans une petite auberge dans les Alpes bavaroises, passant leur temps à faire de longues promenades et excursions dans les montagnes. Ces moments furent les plus heureux qu'ils vécurent ensemble.

De retour à Cologne, Horst reprit une habitude bien germanique : il décida de se rendre tous les mercredis à son "Stammtisch" (table d'habitué). C'est une table dans un café où des amis se réunissent une fois par semaine pour boire et discuter le coup. Les femmes sont strictement interdites à ces réunions. C'est une institution qui donne aux hommes un répit d'un monde généralement contrôlé par leurs épouses.

Horst expliqua bien cette coutume à Marcelline, mais elle n'y crut pas trop. Elle ne pouvait pas comprendre que Horst puisse la laisser ainsi toute seule, la nuit, dans un pays étranger, juste pour aller discuter avec quelques copains. N'était-il pas fier d'elle ?

En vraie Tahitienne, elle commença inévitablement à soupçonner une autre femme d'être la cause des absences répétées. Et plus Horst insistait pour s'éclipser ces soirs là, plus le soupçon devint une certitude pour elle. Elle lui demanda à deux reprises de ne plus la laisser ainsi, de ne pas la laisser toute seule le soir. Mais Horst, habitué aux scènes de cris et de pleurs des femmes occidentales, ne prit pas les paroles très calmes de Marcelline au sérieux. Aussi, ne se rendit-il pas compte qu'elle était au bout du rouleau, qu'elle avait acquis la certitude d'être trompée avec une concurrente. Qu'elle devait se défendre.

Lorsque Horst rentra très tard ce mercredi là, un peu éméché, Marcelline l'attendait à la porte, juste vêtue d'un petit *pare'u*. Tout heureux, il se pencha vers elle pour l'embrasser, ne voyant pas la lame de rasoir qu'elle tenait dans la main. Elle leva le bras, et d'un coup sec, lui coupa profondément la joue droite.

Le sang jaillit, éclaboussant tous les meubles des alentours. Horst hurla de douleur. Il ne comprenait rien. Marcelline lui dit :

- « Voilà. Maintenant l'autre femme ne voudra plus de toi ! »

Puis elle se mit à pleurer, à sangloter, regrettant son geste. Elle courut chercher des linges pour contenir le sang, et l'accompagna à la clinique pour faire suturer la longue plaie.

La semaine suivante, Marcelline prenait l'avion pour rentrer à Tahiti.

HORST revint deux fois à Bora Bora, une grande balafre sur sa joue.

Deux fois, Horst tenta de persuader Marcelline de retourner avec lui en Allemagne.

La première fois, ce fut six mois après le retour de Marcelline.

C'est le temps qu'il fallut à Horst pour réaliser à quel point il s'était habitué à Marcelline. A quel point elle l'avait marqué.

En un premier temps, il fut soulagé d'être débarrassé des problèmes créés par la différence de culture entre Marcelline et lui. Il se retourna vers des dames de sa société, car il s'était habitué à une présence féminine à ses côtés.

Il découvrit bien trop vite qu'il était maintenant désintéressé par des ébats amoureux avec ces demoiselles.

L'ombre de Marcelline y était toujours présente. L'odeur faisait défaut. Il manquait cruellement ce parfum de Monoï(*) des longs cheveux et de tous les recoins du corps. Les femmes sans cette senteur lui paraissaient fades comme un plat sans épices.

Mais ce qui lui manquait le plus dans les moments d'accouplement était une spontanéité, une innocence dans l'acte le plus privé. Les dames civilisées exigeaient souvent des positions bizarres, voire inconfortables, comme celles qu'elles avaient vues dans des magazines ou des films érotiques. Elles désiraient « baiser à la mode ».

Il lui semblait que maintenant, en Allemagne, le moment le plus intime d'un couple était devenu l'ultime gadget du consommateur averti.

Quelle gouffre entre ces comportements conditionnés d'automates urbains et le naturel spontané, la douceur et les surprises d'une fille de la nature.

Ainsi, le plus Horst cherchait une remplaçante, le plus Marcelline lui faisait cruellement défaut.

ELLE ACCUEILLIT Horst avec une joie immense lorsqu'il revint à Bora Bora. Elle le couronna avec mille fleurs, aidée par ses copines.

Ils vécurent un mois ensemble à l'hôtel, pomponnés par les autre filles.

Mais malgré les supplications et les demandes répétées de Horst, Marcelline refusa net de rentrer avec lui en Europe. Elle ne voulait plus quitter son île. Plus jamais.

Elle avait connu le monde extérieur et cela lui suffisait. Personne ne souriait là-bas, tout le monde se méfiait de l'autre, les gens étaient bizarres et elle s'y sentait seule, trop seule, dit-elle. Par contre, elle resterait volontiers avec lui s'il s'installait pour de bon à Bora Bora. Mais Horst n'était pas prêt à s'isoler sur une petite île au bout du monde.

A son deuxième retour, trois ans plus tard, il était déjà beaucoup plus enclin à prendre résidence sous les cocotiers.
Mais à la descente de l'avion, il apprit que Marcelline vivait maintenant avec un mari pêcheur et deux enfants dans une petite maison en bambou tressé sur l'un des "motu" (îlot) de la barrière de corail qui entoure l'île de Bora Bora.
Il la rencontra chez le commerçant chinois . Au volant de sa vieille Vespa pétaradante, elle était venue y chercher une touque de pétrole lampant pour l'éclairage et sa cuisinière.

Toute heureuse de le voir, Marcelline le salua comme un vieil ami. Elle lui raconta les derniers potins de l'île et insista pour qu'il vienne la visiter, là-bas, sur son îlot. Elle tenait absolument à lui montrer ses enfants, sa grande joie et sa fierté, ainsi que lui présenter Tihoti, son mari.

Il n'y alla jamais.

L'ERMITE DE TAHITI

LE VIEIL HOMME, nous l'avons trouvé tout à fait là-bas, à Tautira, à l'autre bout de Tahiti, l'île de l'autre bout du monde.

Il s'appelle Robert. Il est natif de Sorlignac, dans le Bordelais. Aujourd'hui, il est un honorable vieillard de 82 ans. L'oeil coquin, l'esprit vif, cet être exceptionnel est une vraie énigme pour nous. Car voici plus de trente six ans qu'il vit tout seul dans la jungle tropicale de la presqu'île de Tahiti. Mais vraiment tout seul, au creux d'une vallée sans route, dans une brousse humide et infestée de moustiques. Ses uniques compagnons sont un vieux matou couleur carotte et un canard blanc.

Nous l'avons trouvé, souriant tellement qu'il paraît être chinois, assis sous un arbre à pain qui croule sous le poids de ses fruits. Cette visite est notre deuxième expédition vers l'univers du vieillard. Il y a un grand secret à élucider ici.

Tout homme qui choisit volontairement de s'isoler de ses pairs pendant trente six ans se doit d'être exceptionnel. Il doit inévitablement être porteur de profondes philosophies accumulées au cours des longues années de méditation.

Mais ce qui rend le vieux Robert absolument exceptionnel, c'est que son isolement ait été vécu sur une île mondialement réputée pour la qualité de son accueil et la féminité très accessible de ses femmes.

Aujourd'hui, le vieux est tout pétillant et a envie de nous parler. Nous avons envie de l'écouter. Malgré son âge avancé, malgré la chaleur tropicale, le vieux Robert a un esprit des plus tranchants. Il est un homme totalement au courant du triste état de notre monde. Il nourrit sa soif d'informations avec un poste à transistors qu'il a tout le temps d'écouter.

Nous le laissons parler. Son intérêt actuel se concentre sur des petits problèmes de politique locale de Tahiti et sur les faits divers de sa petite commune natale du Bordelais, village qu'il n'a pas revu depuis 1925. Il maintient, depuis peu, un courrier suivi avec le maire de Sorlignac. Voilà bien une preuve tangible d'un inévitable retour aux sources pour tout être qui approche le crépuscule de son existence.

Il semble plus au courant des choses que ne le serait la majorité des citadins du monde civilisé. Il a là un trait commun avec beaucoup d'Européens qui se sont volontairement exilés sous les tropiques. Ces hommes se sont marginalisés de leurs sociétés d'origine, ont coupé les ponts avec leurs racines souvent au prix de grands sacrifices et pour des raisons obscures et personnelles.

Mais ensuite, du bord des plages de leurs îles solitaires ou du fond de leurs vallées isolées, ils passent la majeure partie de leur temps à analyser minutieusement et sans relâche les moindres soubresauts de cette société même qu'ils ont rejeté avec tant de dédain. Voilà bien une autre ambiguïté de l'esprit humain.

Le vieux était coriace. Il nous fallut plus de deux heures d'interrogatoire serré et de ruses verbales pour commencer à apercevoir une lueur qui pourrait nous éclairer sur son profond secret.

Et quel secret. Nous voyons apparaître les fantômes du passé, d'un drame du monde rural de la France profonde de 1918 : nous avons vu une humble ferme de Sorlignac, flanquée d'une dépendance d'écuries vides, au milieu des collines en mamelons du vignoble bordelais. Dans la bâtisse, une pièce principale axée sur la grande cheminée et sa crémaillère où pendent jambons et oignons, réserves pour l'hiver. Sur le linteau en grès taillé, une longue rangée de pommes rouges. Une douille d'obus de 75 trône au centre. A droite, accroché sur le mur blanchi à la chaux, un daguerréotype. Il exhibe un bel homme à la démarche sportive qui pose fièrement en uniforme de Poilu, tenant un fusil Lebel, sur une colline face au Chemin des Dames de Verdun.

Au centre de la pièce, une immense table en chêne massif. Assis à cette table, face à face, un homme et une femme. La femme, en sanglots, accuse l'homme de gaspiller tout son temps et tout leur argent dans une taverne mal famée de la ville voisine. L'homme, très fâché, traite la femme de bigote et lui conseille avec violence d'aller se réfugier dans les jupons de son curé.

A droite, un lit spartiate coincé entre deux tas de bois de chauffe et faiblement éclairé par une petite lucarne. Sur le lit gît, recroquevillé, un enfant de onze ans. Il pleure en silence. Il pleure de voir une mère qu'il aime, jadis la belle du village, se livrer à une bataille bien plus meurtrière que les tranchées de la Meuse avec un père qu'il admire et qui était jadis le meilleur dompteur de chevaux de tout le Bordelais. La scène empire. Le père, furieux, se lève, prend ses béquilles, et quitte la pièce en boitant sur l'unique jambe qui lui reste en claquant violemment la lourde porte.

Le calvaire durera des années. Toute l'adolescence d'un enfant sensible et intelligent sera traumatisée par les disputes interminables d'un couple désuni par les séquelles de la Grande Guerre. Le déchirement des parents sera au rendez-vous quotidien comme le crépuscule.

A l'âge de dix-sept ans, Robert regardera, figé, un glacial matin d'hiver, les ambulanciers de Bordeaux emporter sa mère agonisant dans les derniers sanglots d'une crise de mélancolie. Et c'est à ce moment même, son père muet et immobile à ses côtés, qu'il se jura de ne jamais se marier. De ne jamais procréer. Car il souhaitait surtout ne pas imposer à un autre enfant l'enfer et le calvaire qu'il venait d'endurer.

Le mois suivant, il était parti et s'était engagé dans la marine pour ne plus jamais remettre les pieds dans le petit village de Sorlignac.

Après une autre guerre et trente ans de navigation sur toutes les mers du monde, il décida de prendre sa retraite dans les îles de l'Océanie. Encore bel homme à 48 ans et pourvu d'une petite pension, il était âprement sollicité par les mamans tahitiennes:

- « Eh, eh, Robert ! Tu es un homme dans la force de l'âge! Et tu n'as pas de vahiné! Ce n'est pas normal, voyons. Ce n'est

pas sain pour toi. Choisis une de mes filles ! Elles sont propres, travailleuses et en bonne santé. Laquelle veux-tu? »

Alors même qu'il admirait ces beautés toutes fraîches à la
portée d'une simple parole, Robert restait dominé par les fantômes du cauchemar de Sorlignac. Il s'entendit refuser. Le
croyant timide, les Tahitiennes essayèrent alors de lui fournir
une compagne par tous les moyens : Des jeunes filles se pré-
sentèrent à sa petite maison, le soir, porteuses de plats préparés.
Une autre vahiné emménagea même carrément pour lui faire
sa cuisine, son ménage et lui fleurir sa demeure. Il accepta les
mets et le service mais refusa toujours les autres délices offerts.

Las et incompréhensifs face à une telle obstination d'absti-
nence, les Tahitiens décidèrent alors que Robert était un eu-
nuque ou une autre chose bizarre. Finalement, ils l'acceptèrent
tel quel et le laissèrent vivre seul et en paix.

Si la plaie taillée par le drame de sa jeunesse avait été moins
profonde et douloureuse,, le vieux Robert vivrait aujourd'hui en
patriarche tahitien, entouré de l'affection de ses enfants et du
rire de ses petits enfants.

Chaque être qui vit suffisamment longtemps devrait être dé-
positaire d'un message de sagesse pour les générations futures,
même s'il n'est que modeste.

Le message que nous laisse le vieux Robert n'est qu'une
cruelle illustration de la profondeur des cicatrices que peuvent
laisser le désarroi et la déchirure d'une famille dans le coeur
d'un enfant sensible.

Ainsi, aujourd'hui, le vieux ricane avec humour et cynisme
des petits drames humains qu'il observe dans la Presqu'île de
Tahiti. Il se déclare heureux et comblé par la vie, et adore poser
devant notre caméra. Mais sa solitude doit lui peser quand
même.

Mais pour nous, il représentera toujours une autre victime insoupçonnée et à retardement de la folie de la Grande Guerre de 14-18. D'un conflit vraiment inutile et foncièrement stupide entre deux grandes nations civilisées qui croyaient chacune être supérieures à l'autre.

Et que reste-t-il donc de cette sordide boucherie mécanisée qui avait passionné puis traumatisé toute une génération ? Les dirigeants responsables ont eu droit à leurs moments de gloire déjà longtemps oubliés. Et le peuple a eu droit ses monuments aux Morts, même dans le plus petit des villages.

Et dire que l'on trouve aujourd'hui encore des séquelles de cette crise de folie de l'histoire.
Même au fin fond du Paradis…

UN PETIT PROBLEME
AU BOUT DU MONDE

UNE LETTRE m'attendait à mon retour d'un voyage à l'île de Huahine. « C'est du ministre ! » , me dit ma *vahine*, souriante et excitée. Un baiser rapide à la famille, et je lus la missive. C'était une convocation, accompagnée d'une petite note me demandant de rendre un service.

Deux jours plus tard, à Tahiti, je me retrouvais assis face au ministre, qui est aussi un ami de longue date, dans son bureau feutré et climatisé. Le fauteuil en cuir stylé qui soutenait douillettement mon postérieur devait correspondre à au moins trois mois de mes revenus. Mais la gentillesse de l'accueil, le léger embarras de me recevoir dans un cadre aussi luxueux installé par un prédécesseur, m'avait vite fait comprendre que mon ami avait su résister aux forces corruptrices et enivrantes du pouvoir. Il était même devenu très populaire pour avoir vendu la grosse limousine de fonction et pour avoir continué à circuler sur son scooter. Mais il avait quand même fait repeindre celui-ci en noir. « Cela fait plus ministériel! » aimait-il répéter.

Il m'expliqua la raison de ma présence :

- « Voilà, j'aimerais que tu te rendes à Takareva. Nous avons reçu une lettre du chef de l'atoll. Il a l'air très inquiet. Il semble y avoir un problème avec le lagon. Il ne précise pas. Il parle seulement de coraux morts.

« J'ai entendu dire que tu viens juste de terminer une étude sur un problème similaire. Peut-être y a-t-il une cause semblable. S'il y a problème, bien-sûr. Je ne vois pas de pollution possible. Takareva est un petit atoll fermé, et l'un des plus isolés de notre planète… Mais il y a surtout une autre raison pour laquelle je me suis tourné vers toi. Vois-tu, les habitants de l'atoll font partie de ces communautés qui vivent encore de manière traditionnelle. Comme sur l'île de Maiao. Si j'envoie un de mes scientifiques là bas, il les soûlera avec des mots savants et personne ne comprendra rien. Bien qu'ils affirmeront tous le contraire par respect et politesse. Toi au moins, tu sais décrire les choses complexes avec des mots simples. Et surtout, tu connais la mentalité des habitants des îles.

- « Alors, s'il te plaît, va à Takareva voir ce qui se passe. Tu me répètes toujours que tu adores les atolls. En voici un qui se trouve vraiment au bout du monde. Fais moi un rapport à ton retour. »

Fou de joie, je quittais le bureau de mon ami. Heureux de repartir vers les îles. Surtout vers un atoll tout à fait là-bas, à 1200 kilomètres de Papeete. Loin, donc authentique. Le plus l'on s'éloigne de Tahiti, le plus les réflexes sont restés polynésiens. Le plus les gens rayonnent la gentillesse, le plus je sens mon coeur se réchauffer.

Il me fallut presque trois semaines pour atteindre Takareva. Deux semaines juste à attendre le prochain vol d'Air Tahiti vers les Tuamotu-Est. L'appareil est un vieux De Havilland Twin Otter, un modèle STOL qui est admirablement adapté aux pistes courtes et coralliennes des atolls.

Il n'y avait pas de touriste dans l'avion. Et pour cause. C'est un vol mensuel, donc le visiteur a le choix entre passer un quart d'heure ou un mois entier sur n'importe lequel des atolls desservis. Comme d'habitude, je me trouvais coincé entre une grosse « mamie » rieuse et les glacières et sacs de pain entreposés dans l'allée centrale. Mon ami Coquet, un pilote vétéran des îles, était aux commandes. Malgré son habitude à toujours faire une prière en bout de piste juste avant le décollage, geste vraiment très rassurant pour les passagers, je le connaissais comme l'un des meilleurs pilotes de toute la vaste Polynésie. Il m'en avait fait la démonstration royale au cours d'une évacuation sanitaire à Tetiaroa. Il lui fallut y atterrir, lors d'une nuit noire et sans lune, sur une courte piste misérablement éclairée par quelques bûchers en feuilles de cocotier.

Nous fîmes de courtes escales dans les atolls de Anaa et Makemo et une plus longue à Hao pour prendre du carburant, et ce n'est que quatre heures après le départ de Papeete que l'ami Coquet me déposa en plein soleil brûlant de midi sur la piste de soupe de corail blanche de l'atoll de Tangatepipi.

Le postier de l'atoll m'attendait. J'étais le seul passager à débarquer. C'est lui qui était chargé de me conduire en « kau » (*) à Takareva, car cet atoll n'a pas de piste.

Toute la population de l'île était aussi là à attendre l'avion mensuel. C'est toujours le grand événement, car c'est lui qui apporte le courrier et les marchandises « urgentes ». Une soixantaine de Paumotu(*) étaient assis à même le sable sous la couronne ombrageuse d'un grand « kahaia », une sorte d'arbre de balsa. Le courrier y fut distribué en silence immédiatement après le décollage de l'avion. Tout le monde se connaît dans cette petite communauté, il est donc nul besoin d'appeler les noms.

Le *mara'amu*, le vent violent du Sud, s'était levé la veille et avait démonté le grand océan. Ainsi nous dûmes attendre cinq jours avant de pouvoir prendre la mer. Cinq jours de vacances, où j'accompagnais mon postier visiter sa petite ferme perlière et collecter des oeufs de sternes. La saison de la ponte était en cours.

Mon nouvel ami m'expliqua la méthode paumotu pour ramasser les oeufs, une méthode qui assure une absence totale de gaspillage. Voici comment l'on fait:

Chaque atoll possède généralement un îlot où les oiseaux pondent des milliers d'oeufs, les uns à côté des autres. En prenant bien soin de ne pas écraser d'oeufs, l'on y implante un triangle avec un morceau de corde calé par des blocs de corail ou en traçant tout simplement des lignes dans le sable avec une branche. Puis l'on déplace très délicatement tous les oeufs qui se trouvent à l'intérieur de ce triangle vers l'extérieur.

Il faut faire attention de ne pas retourner les oeufs lors de cette opération, car le poussin à l'intérieur pourrait en souffrir. Ensuite, il suffit de revenir le lendemain matin et tous les jours suivants pour ramasser les oeufs qui se trouvent alors à l'intérieur du triangle. Ils sont garantis frais, car ils ont été pondus lors de la nuit précédente. Ces oeufs ont une forte odeur de poisson, mais moi, j'aime bien l'omelette au poisson, tout comme les Paumotu.

Je profitais aussi de cette escale pour aller plonger dans les couleurs enchanteresses du monde sous-marin d'un lagon des Tuamotu. Quel plaisir de redécouvrir les milliers de teintes différentes des coraux et des gorgones. Quelle joie de se laisser éblouir par les couleurs métallisées des lèvres des « pahua » , les bénitiers dont certaines coquilles sont roses au lieu de blanches, ici dans ces îles. Quel bonheur de redevenir un participant au ballet féerique des nuées de poissons multicolores, des bancs de poissons-anges et de zanclus tous bariolés.

Les poissons-perroquets bleus et verts m'attendaient là, au fond, avec leurs lèvres maquillées, comme s'ils voulaient tous me donner un gros baiser. La murène me montra ses longues dents à l'entrée de sa grotte. Un poisson-clown s'immobilisa juste devant mon masque et essaya de m'hypnotiser avec ses gros yeux ronds en agitant énergiquement ses petites nageoires pectorales. Une raie tigre me fit l'élégante démonstration de son art du vol plané. Même le passage tranquille et dédaigneux d'un grand requin maco me parut être un salut que me faisait tout ce silence en couleur. Plonger parmi ces poissons si peu farouches était comme retrouver les bons vieux copains des autres lagons. Leur curiosité, leur familiarité, leurs ballets incessants me firent presque croire qu'eux aussi m'avaient reconnu.

Il nous fallut sept heures pour joindre l'atoll de Takareva, situé à 40 miles au Nord-Est de Tangatepipi. La mer était encore démontée et confuse. Sept heures d'embruns dans la figure. Sept heures passées à nous cramponner au tableau de bord du « kau » qui sautait d'une vague à l'autre. Sept heures de torture à plier les genoux pour amortir le choc à chaque atterrissage du bateau sur la vague suivante.

Morts de fatigue, brûlés par le sel et le soleil, ce n'est que l'après-midi que nous franchissions la petite saignée qui sert de passe dans le récif-barrière de Takareva. Alors, soudain tout redevint calme. Naviguer maintenant dans le petit lagon fermé était comme faire du bateau dans une baignoire. Le « motu » (îlot) principal apparut à notre droite. A sa pointe, presque sur la plage, se tient fièrement une petite église blanche surmontée d'un clocher et coiffée de toits rouges. Nous nous approchâmes en zigzagant entre les patates de corail. Les habitations, une dizaine de maisons, se dessinaient maintenant de chaque côté du bâtiment religieux. La cloche sonnait pour annoncer notre arrivée.

La population se tenait sur la plage où nous échouâmes le « kau ». Le postier embrassa tout le monde. Je serrais la main à la vingtaine d'hommes et d'enfants et j'eus à mon tour le droit d'embrasser toute la gent féminine de l'atoll, une quinzaine de *vahine* et « mamies ».

Mon compagnon distribua le peu de courrier qu'il avait apporté. Le chef de l'île me guida vers mon logement. Bien-sûr, il fallut qu'il me donne sa propre chambre. Je refusais d'abord, car je pouvais déjà me l'imaginer dormant avec sa femme par terre sur un matelas quelconque. Mais je dus céder face à son insistance. Les lois de l'hospitalité polynésienne sont faites ainsi.

La pièce était meublée d'un lit à baldaquin recouvert d'un magnifique *'tifaifai'* (patchwork polynésien) en guise de couverture et protégé par une grande moustiquaire. Dans un coin, une table décorée avec des petits coussins multicolores. Au mur, un grand cadre était garni de dizaines de photos jaunies. Des photos de mariages. Des portraits de bébés. Un Polynésien en uniforme de l'armée française. Des jeunes filles souriantes. Une procession de pélerinage. Un groupe de personnes souriant devant la cathédrale de Papeete.

A gauche des photos, un petit cadre séparé exposait un certificat d'études émis à Rangiroa.

Tout le résumé de la fierté d'une famille simple, modeste et chrétienne qui vit entre les étoiles et l'océan, s'étalait sur ce mur blanchi à la chaux de corail. Tous les souvenirs d'une famille oubliée au bout du monde, mais avec un coeur gros comme ça.

Après un rapide dîner de poisson et de *uto* , le mets de la noix de coco germée qui ressemble un peu à une éponge sucrée et que l'on surnomme parfois "le pain des atolls", je me retirais très vite, écrasé par le sommeil.

Le lendemain matin, après une courte prière, le chef de l'île, un jeune garçon et moi-même partîmes en pirogue.

Le vieux chef n'avait malheureusement pas menti. Quasiment tous les coraux du lagon de Takareva étaient morts. Les grands massifs sous-marins, qui habituellement étaient une explosion de couleurs féeriques, n'étaient maintenant plus que des tristes châteaux marrons et gris. Tous les fragiles branchies de calcaire étaient recouvertes d'une algue visqueuse d'un gris répulsif. Il n'y avait plus de gorgones rouges ou bleues. Plus un seul

gracieux éventail de corail bleuté. Même les grandes nacres perlières n'étaient que des hideux appendices figés,
leur bouche grande ouverte, comme si elles avaient ago-
nisé en tentant une ultime cri de détresse. Sur les fonds
sablonneux, des milliers de coquillages, des porcelaines
et des fuseaux, étaient éparpillés, tous aussi morts et recouverts d'algue.

Nous plongeâmes toute la journée dans cette immense
tristesse, dans cette nécropole marine. Aux quatre coins
du lagon. Partout, la désolation était la même. Partout
cette algue visqueuse recouvrait les squelettes d'une
faune jadis éblouissante. Les seules espèces qui semblaient survivre étaient quelques gros bénitiers et une va-
riété verte de corail de feu. Et les poissons, bien sûr. Ils
étaient toujours là, bien que beaucoup moins nombreux.
Mais ils paraissaient apeurés, craintifs. Traumatisés par le
bouleversement cataclysmique de ce monde qui avait été
leur paradis depuis des millions d'années.

Le lendemain, nous fîmes d'autres plongées à l'extérieur du récif-barrière, tout autour de l'atoll. Là, tout était
vie, tout était couleurs, tout était enchantement. Ainsi,
c'était uniquement le lagon qui avait subi un coup mor-
tel.

Oui, c'était bien le même phénomène que celui qui avait
frappé l'atoll de Suvarov et d'autres petits atolls de
l'Océan Pacifique et de l'Océan Indien. Il n'allait pas être
facile, ni agréable, de l'expliquer à ces braves gens, à ces
innocents.

L A REUNION eut lieu ce soir là, sur la plage, autour d'un feu. Toute la petite communauté était
là, assise sur des peues (tapis de pandanus tressé).

Beaucoup des enfants s'étaient déjà endormis sur les genoux de leur maman. La demi-lune était suspendue à l'Ouest entre les étoiles comme un croissant horizontal et se reflétait en une bande blanche sur le lagon. Le chef était à mes côtés pour traduire en paumotu lorsque nécessaire. J'étais triste et embarrassé. Je n'aime pas être porteur de mauvaises nouvelles:

- « Hmm... Voilà. Oui, presque tous les coraux de votre lagon sont morts. Malheureusement, votre atoll n'est pas le seul à avoir ce problème. Il est le triste sort de beaucoup de petits lagons fermés et peu profonds partout dans l'Océan Pacifique tropical. Je vais tenter de vous expliquer. Le problème est assez compliqué. Accordez moi votre patience. Si vous avez des questions, n'hésitez pas à m'interrompre. »

Tous me firent oui des yeux en haussant les sourcils, la manière polynésienne d'acquiescer.

- « Notre planète, notre terre, est en train de subir un changement de climat. Vous avez dû vous en apercevoir. Les cyclones de 1983 n'en sont que les actes les plus visibles. Tout le magnifique et fragile cycle des saisons est en train d'être bouleversé. Et beaucoup de gens dans le monde sont durement touchés par ce phénomène. Nous avons des saisons des pluies déréglées, des cyclones, des périodes de chaleur inhabituelle. L'Afrique souffre de sécheresses qui tuent des millions de personnes. Pendant que des pluies torrentielles créent des rivières de boue qui ensevelissent des villes entières en Amérique du Sud. Les récoltes d'Amérique du Nord brûlent dans la sécheresse alors que celles d'Europe pourrissent sous la pluie. Le climat du monde entier est détraqué.

« Ces merveilleux atolls où vous vivez sont malheureusement aussi l'environnement le plus fragile de notre globe. Vous habitez sur une bande de sable et de corail qui émerge en moyenne un mètre et demi au-dessus du niveau de l'océan. Un océan qui fait 18 000 kilomètres de large et de long. Un mètre et demi sur 18 000 kilomètres. C'est comme coucher une petite feuille de papier au milieu de votre lagon qui fait 6 kilomètres de diamètre. En plus, votre atoll n'est protégé que par le récif-barrière qui est un rempart vivant. Il est constitué de milliards de petits polypes qui s'épuisent à sécréter du calcaire aussi vite que l'atoll ne s'enfonce dans l'immensité du Pacifique.

« Ainsi, comme votre petit paradis est le plus fragile des environnements, il est inévitable qu'il soit le premier touché par un changement climatique. La preuve est bien là. Votre lagon est mort. »

- « Mais comment est-il mort ? » osa le chef.

- « Pour le moment, les seuls lagons qui sont gravement atteints sont les petits lagons fermés, peu profonds et qui ne possèdent pas de grande passe. Comme le vôtre. Je vais essayer de vous expliquer :

« Depuis 1982, le phénomène normal des vents et courants du Pacifique a été modifié. Cela arrivait de temps en temps dans le passé. Cela ce nomme « El Nino » et ne durait que quelques mois au plus. Mais depuis 1982, cette anomalie est quasi permanente. Et voici comment cela a tué votre lagon : Les alizés qui soufflaient d'Est en Ouest à l'échelle du Pacifique ont disparu. Ils sont même parfois devenus des vents contraires. Les vents constants créaient des vagues cycliques qui faisaient remonter vers la surface l'eau plus froide des profondeurs. Cela se nomme le « up-welling » . Comme ces vents ne poussent plus les eaux vers l'Ouest, le grand courant de Humbold qui apporte l'eau froide de l'Antartique vers nos latitudes s'est arrêté, voire même renversé, lui aussi. Donc moins d'alizés, moins de courants froids. La mer s'est dramatiquement réchauffée. C'est cela qui a créé les conditions favorables aux cyclones.

« Mais aussi moins de vent, donc beaucoup moins de vagues. Moins de grande houle qui se brise sur le récif et qui assure que l'eau dans le lagon soit constamment renouvelée. Parfois même un mois entier passe sans qu'aucune houle ne vienne se briser sur la barrière. Et aussi un niveau de l'océan plus bas. Jusqu'à 40 centimètres plus bas. Car les courants et les vents constants poussaient tellement d'eau vers l'Ouest que le niveau de la mer du Centre Pacifique était légèrement plus haut qu'il ne l'est sur la côte américaine.

« Ainsi, nous avons une mer plus chaude, une mer plus basse, peu ou pas de houle qui renouvelle l'eau à l'intérieur du lagon. Et le soleil qui réchauffe tout cela. Le lagon va chauffer. Le lagon va épuiser son oxygène. Il ne faudra que quelques semaines pour faire monter la température de l'eau à plus de 40°. C'est cela qui a tué tous les coraux. Ils ont été bouillis. Ils ont été étouffés. Jusqu'au fond. Tout a été cuit. Les petits lagons chauffent vite et épuisent vite leur oxygène. Comme des petites casseroles. Les grands lagons profonds et dotés de passes multiples prendraient des années pour chauffer. C'est pour cela que Tangatepipi n'a pas souffert. »

Tout le monde était silencieux. Puis le chef rompit le silence:

- « Oui, tu as raison. Je me rappelle plonger souvent dans l'eau chaude, beaucoup trop chaude. Nous en discutions entre nous. Aussi, pendant longtemps, le niveau du lagon était très bas et les coraux dépassaient hors de l'eau. »

Tous les hommes se souvenaient maintenant et une longue conversation entre eux s'en suivit. Puis le chef me demanda :

- « Oui, c'est vrai, tu as raison. Mais tu n'as pas expliqué pourquoi le climat change. Les choses vont-elles redevenir normales ? »

- « Malheureusement, je ne crois pas. Cela pourrait même devenir pire. C'est ce que pensent les grands scientifiques. »

- « Mais pourquoi? Est-ce de notre faute ? »

Les pauvres. Et ce réflexe qui pousse les Polynésiens à toujours se sentir responsables de tous les maux. Mais cette fois-ci encore, la petite communauté du bout du monde n'était qu'une victime innocente:

- « Non. Ce n'est certainement pas de votre faute, soyez rassurés. Il y a deux responsables au changement des climats: Le gaz carbonique (CO2) et le chlorofluorocarbone, le CFC. Attendez, je vais vous expliquer.

« Le gaz carbonique a toujours fait partie de l'air que nous respirons. Mais l'avènement du monde moderne technologique a gravement augmenté le pourcentage de ce gaz dans atmosphère. La société moderne se nourrit d'énergie mécanique car celle-ci fait le travail pénible des hommes. Travaux tels que marcher, porter, creuser, pousser, fabriquer, chauffer, refroidir.

« Toute cette énergie nécessaire est principalement produite par des moteurs à combustion. Des moteurs d'automobiles et de grandes centrales thermiques. Ce sont tous ces moteurs qui dégagent un excès de gaz carbonique. Surtout ceux des centaines de millions de voitures dans le monde. A tel point que, juste ces dernières 30 années, le taux de gaz carbonique dans l'atmosphère a augmenté de 10% ! Plus l'air contient de ce gaz, plus il capte la chaleur du soleil, plus notre terre se réchauffe. Et plus le climat change. Cela s'appelle « effet de serre » .

« Et l'autre gaz, le chloromachin là, c'est un gaz qui a été inventé par les hommes il y a cinquante ans. Pour faire marcher les réfrigérateurs. Malheureusement, on lui a vite trouvé d'autres usages telles les bombes aérosols et la climatisation.

« Ce gaz détruit l'ozone dans une couche protectrice qui se situe en haut de l'atmosphère. La couche qui arrête les rayons ultra-violets, les rayons nuisibles du soleil. Alors ces rayons commencent à pénétrer et encore plus de chaleur est captée par le gaz carbonique. Et le climat changera encore plus. »

Un silence planait. Je voyais que mes amis ne comprenaient pas bien. Il faut savoir que cet atoll n'a ni bombe aérosol, ni voiture, ni climatiseur. Je leur devais une explication en profondeur:

- « Un climatiseur est un réfrigérateur pour les personnes. Lorsqu'il fait chaud, les gens des villes allument cette machine pour faire froid dans leurs maisons. Cela consomme beaucoup d'énergie, donc cela envoie beaucoup de gaz carbonique dans l'air. Cela coûte aussi très cher, mais ces gens ont beaucoup, beaucoup d'argent à gaspiller.

« Mais il y a pire encore. En Amérique et en Europe, la plupart des personnes vivent dans un climat froid. Ils travaillent dur et rêvent tous de vivre dans un climat chaud comme en Floride ou sur la Côte d'Azur. Un jour, ils réussissent à s'installer dans ces régions. Mais alors, au lieu de bien profiter de ce climat chaud, ils installent tout de suite des climatiseurs pour recréer le froid qu'ils viennent de quitter à grands frais. Même leurs voitures sont équipées de ces machines, ainsi que leurs lieux de travail. L'on se demande pourquoi ils ont déménagé dans les pays chauds s'ils aiment tellement le froid.

« Ce comportement bizarre de centaines de millions d'individus a créé toute une industrie qui produit des millions et des millions de climatiseurs chaque année. Et toutes ces machines auront inévitablement une fuite de gaz, puis finiront tôt ou tard cassées dans une poubelle. Leur gaz se sera échappé dans l'atmosphère et aura réduit encore plus la couche d'ozone. Et le climat changera encore plus. »

Tout le monde me regardait avec des gros yeux. Le chef parla:

- « C'est vrai ton histoire ? Ou te moques-tu de nous ? »

- « Je ne me moque pas. C'est malheureusement vrai. Trop vrai. Mais attendez encore que je vous explique les bombes aérosol. Elles contiennent le même gaz, mais pas pour faire du froid. Il est juste gaspillé pour faire gicler des produits tout à fait inutiles.

« Dans le temps, lorsqu'une femme voulait s'asperger de "monoï pipi" (parfum), elle avait une petite bouteille avec une poire au bout. Pft, pft, elle appuyait sur la poire , et elle sentait bon.

Mais c'est trop fatiguant d'appuyer deux fois sur la poire. Alors l'homme moderne inventa la bombe aérosol où il suffit d'appuyer une fois. Cela détruit la couche d'ozone, mais cela ne fait rien. Le ravissant petit doigt n'est pas fatigué. Voilà ce qui est important.

« Et comme les gens civilisés aiment acheter ces bombes aérosols, l'on a presque tout mis sous cet emballage. La peinture. La cire pour faire briller les meubles. La mousse pour se raser. Le produit pour sentir bon sous les bras. Le produit pour faire sentir bon les cabinets. La crème pour mettre sur les gâteaux. Le produit pour amidonner le linge. Le laque pour tenir les cheveux. Toutes des choses qui pourraient être conditionnées sans ce gaz. »

Mes auditeurs étaient consternés maintenant.

Un murmure circulait dans le petit groupe.

Le chef reprit la parole:

- « Essaies-tu de nous dire que notre lagon est mort parce que les Popa'a (étrangers) veulent avoir froid, ne veulent pas fatiguer leur petit doigt et parce qu'ils veulent que leurs toilettes sentent la rose ? »

- « Oui, mais ce ne sont pas uniquement les *Popa'a*. Cela se passe dans toutes les villes du monde. Même à Tahiti. Tu as été toi-même, il n'y a pas longtemps, à Papeete. Ainsi, as-tu pu voir les palaces que le gouvernement se construit. La CPS, le service des contributions, la mairie de Papeete. Tout est climatisé. Certains bâtiments n'ont même pas de fenêtre qui puisse s'ouvrir. Pendant cent cinquante ans, la fenêtre ouverte ou un ventilateur ont suffit. Mais maintenant, l'on ne peut plus travailler si ce n'est pas climatisé. Même les voitures le sont de plus en plus. Ils appellent cela le progrès. Ah, les voitures. Tout le monde veut une voiture. T'es pas un homme sans une voiture. Il n'y a que 130 kilomètres de routes à Tahiti, mais l'on importe 20 kilomètres de voitures chaque année.

« Alors la plus incroyable des absurdités s'est mise en place. Sur ce petit caillou perdu au milieu de l'océan, des individus qui ne savent plus marcher cent mètres et qui veulent singer le mode de vie des grands pays industrialisés se retrouvent piégés dans des embouteillages monstres avec leurs voitures. Et cela à quelques kilomètres seulement de cocoteraies calmes et de lagons placides.

« Non, ce n'est pas une question de *Popa'a*. C'est peut-être ton cousin, voire même ton frère qui roule en ce moment en voiture climatisée pour vite rentrer dans sa maison climatisée. Et qui aide ainsi à tuer ton lagon. Il y a quelque chose, un virus peut-être, qui rend les gens fous lorsqu'ils s'en vont habiter dans une ville. Ils deviennent des êtres qui veulent toujours plus, toujours avoir un jouet différent, toujours posséder la même chose que le voisin. Il ont acquis une faim intarissable pour des objets surtout inutiles. C'est cela qui tue ton lagon.

« Les responsables sont le gaz carbonique et le CFC. Le vrai coupable est bien l'homme des villes. »

- « Mais, les grands chefs des villes, savent-ils qu'ils que leurs gens tuent notre lagon, nos poissons ? Tu vas le leur dire, non? »

- « Bien sûr qu'ils le savent. Depuis des années. »

- « Ah bon ! Ils ont alors interdit les climatiseurs et les voitures inutiles ? »

- « Non. Rien de tout cela. Ils ont quand même fait des conférences dans des grandes salles climatisées. Des milliers de scientifiques sont venus du monde entier. Ils ont décidé de réduire la production du gaz CFC de moitié dans trente ans. Non, non, je ne plaisante pas.

« Un pays, un seul, les Etats Unis, a interdit la vente de bombes aérosols contenant du CFC sur son territoire il y a maintenant dix ans déjà. Mais les aérosols qu'il exporte vers les autres pays contiennent toujours ce gaz.

« Pour les voitures, rien n'a été changé. Bien au contraire. A la fin de l'année dernière, les gouvernements de tous les pays industrialisés ont fièrement sablé le champagne pour avoir produit des millions de voitures de plus que l'année précédente. Des voitures qui éjecteront pendant au moins dix ans du gaz carbonique dans l'atmosphère. Pour mieux changer le climat. Pour mieux tuer le lagon. »

Le vieux chef me regardait consterné. Après une longue pause, il put prononcer quelques mots :

- « Mais ces gens sont devenus fous! Et nous? et notre lagon? »

- « Malheureusement, vous n'êtes que quelques centaines d'atolls. Avec quelques milliers de personnes. Donc, vous n'avez aucun poids. Aucune influence. Des millions de gens des villes vivent à fabriquer, à distribuer et à vendre toutes ces bombes aérosols, ces climatiseurs, ces voitures. Les gouvernements tirent leurs richesses de ces industries. Ils ne vont sûrement pas tuer la poule qui pond les oeufs d'or. Ce sont ces gouvernements même qui possèdent le plus grand nombre de grosses automobiles et de grands palaces climatisés. Il suffit de regarder ce qui se passe à Papeete.

« Rien ne sera sérieusement entrepris pour protéger l'environnement tant que le déséquilibre climatique ne bouleversera pas radicalement le train de vie des villes même. Et encore. Si le climat se réchauffe, ils installeront tout simplement encore plus de climatiseurs. Si l'air est pollué, ils porteront des masques, comme cela se fait déjà de temps en temps dans des grandes villes comme Tokyo. Si une centrale nucléaire explose et le nuage radioactif passe sur toute l'Europe, presque personne ne bronche. Ces gens sont prêts à accepter presque tout, tant qu'on leur fournit régulièrement des gadgets et aussi longtemps que le programme de télévision est acceptable.

« Vous, sur cet atoll, vous vivez en harmonie avec la nature. L'homme des villes, lui, ne veut pas connaître la nature. Il veut un climat artificiel et constant. Va voir les bâtiments des villes. Il n'y a presque plus de fenêtres. Il préfère la lumière artificielle, le néon. Il ne veut pas toucher de son pied la terre nourricière. Pour lui ce n'est que de la boue qui pourrait salir ses chaussures brillantes comme un miroir. Alors il fait bétonner chaque mètre carré où il sera susceptible de poser son pied.

« Si un arbre centenaire, qui a donné de l'ombre et des fruits à des générations, oblige un automobiliste à ralentir un peu, il sera abattu sans le moindre remords. C'est « pousse-toi, le 'progrès' arrive. »

« Des forêts entières disparaissent, sur des millions de kilomètres carrés, car elles ne sont pas considérées 'rentables'. Ce sont pourtant elles qui absorbent le gaz carbonique et qui fournissent l'oxygène à notre planète. Mais l'on ne peut pas vendre cet oxygène, donc il n'est pas 'rentable'. Alors elles sont remplacées par des cultures qui ont une valeur marchande.

« Oui, votre lagon subit les effets de ce qui se passe dans les villes aux antipodes. Et, effectivement, il est une des premières victime de la folie des hommes de ce siècle. Il y aura beaucoup d'autres victimes, certaines encore tout à fait insoupçonnées. L'homme des villes a conquis la faim depuis longtemps. Alors tous ces gadgets du monde industriel lui sont devenus nécessaires, comme le sein de la maman est nécessaire au bébé. Il y trouve un réconfort, une sécurité. Car au fond, ces hommes des villes, si arrogants qu'ils paraissent, vivent dans une terreur constante de perdre leurs petits joujoux. Ils ne sont que de pauvres pantins qui souffrent d'une insécurité que vous, ici, à l'abri sur votre atoll, ne pouvez même pas imaginer. »

TROIS semaines plus tard, je me retrouvais face à mon ami le Ministre dans le bureau climatisé dans le grand bâtiment sans fenêtre. Bien que tahitien, il était tout pâle. Le néon ne bronze décidément pas.

Je lui avais raconté mon triste voyage. Il restait silencieux. Il me regardait. Il pensait.

Après un bon quart d'heure, je brisais le silence :
- « Hmm... Et je n'ai pas tout dit à la population de Takareva. »
- « Ah, oui. Qu'y a-t-il d'autre à dire ? »
Cette fois-ci, c'est moi qui garda le silence pendant une minute.
-« Hmm.. Voilà. Deux choses. D'abord en ce qui concerne le poisson, leur nourriture de base. Le lagon est plein de coraux morts. C'est l'habitat idéal pour une petite algue verte, la ciguatoxine. Elle donne le ciguatera aux poissons qui la mangent. Puis à toute la chaîne alimentaire du lagon. Si une seule de ces algues entre dans le lagon, elle proliférera. Et plus un poisson ne sera comestible dans dix ans. Tous seront empoisonnés. Comme les poissons de Palmyra, de Wake Island, de Canton island, de Christmas Island, de Rikitea. Toutes ces îles avaient subi des dragages, qui ont tué beaucoup de coraux, pendant et après la dernière guerre mondiale. Quarante cinq ans plus tard, tu ne peux toujours pas y manger le poisson.

« Et il y a aussi le problème du niveau de la mer. Notre planète se réchauffe. L'eau, comme le métal, augmente en volume lorsqu'elle chauffe. Et les banquises. Elles vont fondre. L'eau ira dans la mer. Ces deux facteurs vont faire monter le niveau des océans. Les scientifiques ne sont pas d'accord sur la hauteur. Les plus optimistes parlent d'un mètre en trente ans. Les plus pessimistes de 3 mètres. Mais un mètre est largement suffisant pour rendre les atolls inhabitables. Cinquante centimètres suffisent pour détruire les nappes d'eau douce. »

Mon ami commençait à se fâcher:
-« Et quoi d'autre disent tes satanés scientifiques ? »
-« Il n'y a que deux points sur lesquels ils sont unanimes :

« D'abord, pour la première fois dans l'histoire de la planète, l'homme a réussi à modifier son environnement climatique…
Ensuite, les changements en cours sont irréversibles. »

Je quittais le bureau pensant qu'il serait sage de m'éclipser un certain temps…

LE "ORI" DE LA VAHINE

PAUVRE Jean-Pierre. Il était tombé follement amoureux. Il s'était épris d'une jeune vahiné de Tahiti, la belle Vaitiare.

Et il faut admettre qu'il y avait de quoi tomber amoureux. Vaitiare est vraiment une fille exceptionnelle. Une beauté hors de l'ordinaire. Grande mais pas trop, elle a les pommettes saillantes des femmes maories, de gros yeux ronds noirs dans lesquels on aimerait se noyer, et surtout une douceur ou timidité qui donne au mâle l'envie irrésistible de protéger un être apparemment très fragile.

Et son corps. Sublime. Les cuisses longues. Le postérieur musclé et arrogant. Les seins fermes et taquins. Tout cela couronné par une longue chevelure noire charbon et lisse qui ondule comme l' écho de sa démarche souple et élégante, mouvements conditionnés par plusieurs années d'apprentissage de la danse tahitienne. Un vrai rêve, cette *vahine* !

Alors, pourquoi pauvre Jean-Pierre ?

Parce que Vaitiare, créature gaie et idyllique, n'a que dix huit ans. Ce qui, à Tahiti, n'est pas un petit détail que l'on peut se permettre d'oublier.

Tous ses collègues avaient pourtant prévenu Jean-Pierre, un médecin fraîchement muté de Métropole:

- « Tu ne vas quand même pas tomber amoureux d'une fille si jeune. Sois raisonnable, voyons ! »

Mais l'amour est ce qu'il est. Il rend le bien voyant aveugle et le craintif audacieux. Ebloui par tant de féminité et de jeunesse, Jean-Pierre ne put que subir les effets irrationnels et ravageurs d'une passion sans borne. Il ne voyait plus que Vaitiare. Il ne pensait plus qu'à Vaitiare. Chaque désir de cette charmante créature exotique devenait un ordre pour lui. Chaque brin d'humeur paraissait un calvaire. Chaque minute sans elle semblait interminable. Ainsi s'était-il volontairement ligoté avec des chaînes indestructibles que seul un amour fou peut forger. Pauvre Jean-Pierre !

Pourtant il avait matière à ne pas tomber dans un tel piège. Il venait juste de terminer la douloureuse procédure de divorce pour s'extirper d'un mariage incompatible. Il s'était même juré de rester un célibataire endurci pendant au moins un an afin de retrouver son équilibre. Le destin en voulut autrement. Moins de deux semaines après son arrivée à Tahiti, son chemin croisa celui de la belle Vaitiare.

Malheureusement, il gardait toujours en lui les séquelles des nombreuses années vécues face à une ex épouse dominatrice et possessive. Ainsi, une insécurité profonde amplifiée par des racontars sur les femmes tahitiennes lui firent douter de sa capacité à pouvoir garder cet être exceptionnel auprès de lui. Alors, insécurité plus passion égalent jalousie. Et jalousie amoureuse égale enfer. Pauvre Jean-Pierre.

Etre du genre jaloux et amoureux d'une déesse tahitienne de dix huit ans, cela ne peut se terminer qu'en grande souffrance.

Car à Tahiti, il y a le phénomène du *"ori"*.

Le *"ori"* (littéralement : danser) ou *"taurearea"*, est une ancienne et bien saine habitude qu'exercent encore beaucoup des jeunes filles de nos îles. Au début de leur âge adulte, elles consacrent plusieurs mois, voire années à profiter de leur liberté, à jouir de leur jeunesse; à goûter à tous les plaisirs offerts à l'étalage de ce monde avant de se plonger définitivement dans le sérieux de la vie et d'une union durable. Tout cela sert aussi d'école pour infuser les valeurs de la société hors du cadre familial et permettre d'acquérir l'expérience nécessaire pour éventuellement conserver un époux.

Cet *"ori"* est, en fin de compte, une très saine institution. Il est un moyen beaucoup plus intelligent, et surtout plus honnête, de totalement se défouler avant le mariage. Bien plus honnête que de contracter une union sous le parfum de la virginité pour ensuite se plonger dans les brouillards médiocres et sordides de la tromperie et du mensonge d'une liaison extra maritale.

Vaitiare, avec la fraîcheur de ses dix-huit ans, ne faisait que commencer la phase investigatrice de son existence.

Pour elle, Jean-Pierre était une étape très agréable, mais il n'était qu'une étape. Elle était très touchée par l'attention sans bornes de cet homme mûr et éduqué. Le voir à ses petits soins l'aidait beaucoup à étouffer et maîtriser les doutes et les insécurités que ressent une jeune personnalité en épanouissement.

Mais le sens de la propriété exclusive que Jean-Pierre manifestait à l'égard de sa personne la prenait de plus en plus à rebrousse-poil. Même une innocente conversation avec un ami d'école déclenchait maintenant des réprimandes. Le plaisir qu'elle éprouvait auparavant à sortir avec lui dans les boîtes de nuit de Papeete avait été peu à peu remplacé par la hantise d'une scène en public. Et toute cette tension la rendait infiniment triste.

Alors, inévitablement, un soir, après encore une autre scène de jalousie, elle disparut.

Jean Pierre passa deux jours et deux nuits blanches à l'attendre. Il était hors de lui d'inquiétude. Tout son monde centré autour de la jeune beauté s'écroulait. Fou de doutes et de regrets, il se décida finalement à aller au commissariat de police pour déclarer la disparition de sa compagne. Au poste, les policiers écoutèrent respectueusement son explication, mais refusèrent d'engager des recherches :

- « Allons, allons. Vous, un homme de trente-cinq ans. Vous êtes amoureux d'une fille de dix-huit ans. Vous n'êtes ni de la famille, ni marié avec elle. Et elle disparaît après ce qui semble avoir été une dispute. Eh bien, elle aura été chez une copine, ou avec un autre se changer les idées. Soyez raisonnable ! Elle reviendra ou enverra quelqu'un chercher ses affaires. Calmez-vous ! Il faut lui laisser le temps. Allons, allons, vous n'êtes pas un enfant. Un peu de courage ! »

C'était exactement ce que Jean-Pierre avait redouté entendre : «...ou avec un autre..» Il quitta le poste de police honteux, la tête basse, sentant la jalousie l'étouffer.

Nul n'est besoin de décrire ici le calvaire que la jalousie et l'inquiétude firent subir, les deux semaines suivantes, à cet homme venu d'un monde doté des règles strictes de la définition de la propriété. Il se terra chez lui, simula même la maladie pour ne pas avoir à affronter ses collègues à l'hôpital.

P**UIS,** un beau matin, comme annoncé par le policier, elle réapparut, rayonnante, tenant son panier en pandanus tressé à la main. Elle posa un gros baiser sonore sur le front de Jean Pierre:

-« Ça va, chéri ? Tu ne t'es pas trop ennuyé? » demanda-t-elle avec cet accent de Tahiti qui chante et qui roule les "r" comme un tambour.

Jean Pierre en resta bouche bée quelques secondes. Il combattait deux émotions : la joie du retour de Vaitiare et l'impatience d'une explication pour cette longue fugue. Fou de joie, il la serra longtemps dans ses bras, puis la repoussa lentement :

- « Ah, tu vas bien ! Trop bien, peut-être. Où étais- tu ? »

- « Ben..., me changer un peu les idées ... Tu sais, tu fais trop de scènes, c'est "fiu roa" (j'en ai marre) ! »

- « Où étais-tu ? J'ai appelé ta mère… j'ai appelé tes copines. Tu n'étais pas chez elles. Je le sais ! Alors ? Où étais-tu ? »

- « Aïe, laisse donc. Je suis revenue, non ? »

Jean- Pierre avait maintenant la certitude qu'elle l'avait trompé. Le démon de la jalousie s'empara de lui et il commença à parler fort :

- « Tu m'as trompé. Avoue-le ! Je le sais ! Avoue ! »

Mais Vaitiare ne répondit pas. Elle se déshabillait. Les savates volèrent au loin. Le pareu tomba. Elle baissa lentement son slip pour ensuite l'expédier d'un coup de pied rejoindre les savates. Puis elle mit ses deux mains derrière son cou, et les fit monter lentement en tirant ses longs cheveux vers le haut. Ainsi, nue comme un ver, elle fit plusieurs pirouettes, révélant tout le superbe et les délices de son corps. Jean-Pierre était fou de rage maintenant, malgré qu'il sentait aussi l'homme monter en lui :

- « Arrête ton cirque ! Réponds moi ! Tu m'as trompé ! Avoue donc ! Pas besoin d'essayer de m'exciter, ça ne marchera pas ! »

Vaitiare continuait à tourner lentement. En souriant, elle répondit tout doucement :

- « Mais non, chéri, je ne veux pas t'exciter. Je te montre seulement. Regarde bien. Il ne manque rien. Rien n'est abîmé. Je suis toujours la même... Tout est là, comme avant... Tu vois bien....

« Alors, pourquoi pleures-tu ? »

Le MYSTERE
de L'HOPITAL de VAIAMI

Dans le quartier Ouest de Papeete, la petite capitale de Polynésie Française, il existe encore un îlot de paix et de nostalgie. C'est l'hôpital de Vaiami, ex Hôpital Colonial, le dernier vestige de tout un quartier construit au siècle dernier suivant les lignes de l'architecture militaire du Second Empire.

Des carrés de bâtiments à un seul étage entourent plusieurs petits parcs. Les toits sont recouverts de tuiles rouges qui proviennent du Massif Central de France, transportées jadis comme lest par les barques militaires afin qu'elles puissent affronter le Cap Horn ou les vents contraires de l'alizé. Des promenades couvertes et bordées de balustrades en fer forgé et jalonnées de bancs servent de couloir pour circuler d'une chambre ou d'un

91

bâtiment à l'autre. Les poutres maîtresses, en fer forgé et rivetées, sont toujours supportées par d'élégantes colonnes de fonte.

Cet hôpital ressemble comme un frère à ceux que l'on peut encore découvrir dans les recoins de villes telles que Pondicherry, Dakar ou Cayenne, anciens piliers d'un glorieux passé colonial. Les dessinateurs militaires de Napoléon III avaient su créer un style admirablement adapté à la chaleur, à l'ambiance et à la vitesse des tropiques.

Il n'y a pas si longtemps encore, tout le quartier Broche qui entoure l'hôpital était constitué des solides bâtiments centenaires de cet art de construire. Mais soudain, tel un cyclone, une mode de modernisme et un engouement pour la boîte de béton climatisée se propagea sur Tahiti. Elle effaça les mémoires de toute une ambiance du passé plus efficacement que n'aurait pu le faire une horde de barbares, si bien qu'aujourd'hui, la survie du complexe de Vaiami semble plus être due à un miracle qu'à un acte de raison.

Puis, un jour, un nouveau grand centre hospitalier moderne fit son apparition à l'autre extrémité de la ville de Papeete. Tous les services de santé s'y précipitèrent, attirés par le neuf et le brillant.

Le vieil hôpital resta à l'abandon, oublié, tel un jouet qui a osé perdre tout intérêt pour son propriétaire adolescent et gâté. Mais le bouleversement rapide du mode de vie de la petite île tropicale affecta sévèrement les valeurs fondamentales de la fragile société de Tahiti. Comme la preuve d'un modernisme réussi, un nombre croissant de cas de déséquilibres mentaux se manifestèrent rapidement parmi la population urbaine. Ainsi, l'hôpital de Vaiami trouva rapidement une nouvelle vocation en devenant le centre psychiatrique de Polynésie française, c'est à dire l'asile d'aliénés.

C'est dans cet univers protégé que se présenta, un frais matin de juin, un cas qui fera certainement figure dans les annales de la psychiatrie.

Ce jour là, les médecins et psychiatres de service tenaient leur conférence matinale habituelle et discutaient des cas en traitements, lorsqu' un Tahitien se présenta devant eux, un baluchon à la main. Il paraissait avoir vingt-cinq ans environ, et était un grand et bel homme qui portait fièrement l'athlétique carrure des Polynésiens. Pieds nus, il était vêtu d'un short de coton et d'un tee-shirt bleu. Ses mains rugueuses et fortes trahissaient une habitude de travail manuel. Ses yeux noirs étaient plissés car il souriait gentiment, avec douceur presque.

Il semblait ravi et satisfait de se trouver là, devant tout ce personnel médical. Il fit le tour de la table, serra la main de chacun.

Les médecins le questionnèrent, mais il répondit en tahitien. L'on alla chercher un infirmier-traducteur.

- « Je viens pour rester ici. Je m'appelle Timi. »

Et il refit le tour de la table pour serrer encore une fois la main à tout le monde, docteurs comme infirmiers, l'air de plus en plus heureux. Il regarda tout autour de lui, examina chaque tableau, chaque affiche, chaque meuble, laissa courir sa main sur la laque blanche du meuble qui se tenait le long du mur.

Les psychiatres le regardèrent étonnés, mais restèrent sereins. Le calme est l'essence même du monde de la psychiatrie. Ainsi, ils le questionnèrent les deux heures qui suivirent, mais ne purent comprendre que ceci: Il s'appelait Timi, il était venu ici, à Vaiami, pour y rester.

Et d'après ce qu'il avait pu observer jusqu'à présent, cela semblait lui convenir admirablement. Il leur fut impossible d'obtenir plus d'informations, tel que son nom de famille ou son lieu de résidence. Il disait seulement venir des îles. L'infirmier-traducteur crut reconnaître la façon de parler des Iles-Sous-Le-Vent, c'est à dire de Huahine, Raiatea ou Bora Bora.

Finalement, les médecins durent expliquer à Timi qu'il était impossible pour lui de rester ici. Que Vaiami était un hôpital, pas un hôtel. Le jeune homme les regarda, étonné, et répéta :

-« Mais, je m'appelle Timi. Je viens pour rester. Je dois rester. »

De longues explications durèrent le restant de la journée. Rien ne put changer la détermination du jeune homme. Et le soir, c'est avec douceur, mais par la force, qu'il fut expulsé hors de l'hôpital.

Timi n'en perdit pas son sourire pour autant.

Tranquillement, il déroula son baluchon, étala son « peue » (natte de pandanus tressé) sous le toit de l'antique porte cochère au centre de la maison du gardien, et s'y installa pour la nuit.

Les docteurs aussi savent être obstinés.

Ils le laissèrent deux jours durant installé devant la porte. Mais Timi ne bougea pas. Il parlait aux personnes qui avaient envie de parler, se nourrissait de sandwiches que les autres Tahitiens lui offraient. Il s'était lié d'amitié avec l'un des gardiens, discutant librement avec celui-ci. Il ne pénétrait dans l'hôpital uniquement pour utiliser les sanitaires.

Le troisième jour, les psychiatres, étonnés par un tel mutisme, questionnèrent le gardien pour en savoir plus. Il leur répondit :

-« Ce jeune homme est du monde agricole. Son père vient de mourir, et Timi le vénère toujours fortement. Nous avons surtout parlé d'agriculture. Il connaît très bien les bananes, le « tarua » , et les potirons. Il est très doux. Il est très bien élevé. Il est chrétien et il a été à l'école du dimanche, car il cite souvent les versets de la Bible en bon tahitien. Il semble avoir été très peu ou pas du tout à l'école régulière. C'est son premier voyage à Tahiti. Il ne connaît personne ici. Mais il doit rester à l'hôpital. Il dit que l'hôpital, cet hôpital ici, c'est chez lui. Donc il reste. »

Le médecin-chef, pour des raisons humanitaires et parce qu'il était embarrassé par le spectacle de l'homme installé sur son perron, décida de l'héberger à l'hôpital en attendant les résultats de l'enquête de la police à qui il venait de notifier le cas.

Timi s'installa dans une chambre, encore plus heureux et souriant. Il fit le tour de l'hôpital, serra la main à tous les patients et employés. Il se proposa même d'aider aux travaux.

L'inspecteur des polices urbaines arriva le lendemain matin. Quatre heures d'interrogatoire serré ne dévoilèrent aucune autre information. Ce jeune homme doux restait une énigme totale. Il semblait tomber de nulle part. Il ne faisait que répéter:

- « Je dois rester ici. »

Avant de partir, les policiers prirent sa photographie pour la diffuser au journal télévisé et dans la presse locale.

Personne ne se manifesta. Personne ne semblait connaître Timi. Etrange. Tahiti est pourtant un petit pays.

Deux semaines plus tard, les policiers revinrent, tout aussi bredouilles. Aucune enquête n'avait abouti non plus. Mais ils avaient élaboré un plan qu'ils expliquèrent aux psychanalystes :

- « Nous allons le mettre sur la goëlette des Iles Sous Le Vent. Nous lui avons pris un billet jusqu'à Bora Bora. Lorsqu'il se trouvera face à son île, il la reconnaîtra et débarquera pour rentrer chez lui. Le subrécargue nous dira le nom de l' île et nous poursuivrons les recherches à partir de là. La goëlette Temehani appareille demain soir. Nous passerons le chercher une heure avant le départ. »

Ils vinrent le chercher. Ils le mirent sur le bateau.

TROIS JOURS plus tard, Timi était de retour, souriant, assis sur son lit, bien bronzé par sa petite croisière dans les îles.

Cette fois-ci, ce fut le brigadier-chef de la Gendarmerie Nationale qui vint apporter des explications:

- « Lorsqu'il est monté à bord de la goëlette, il a demandé au subrécargue où allait le bateau. Celui-ci a expliqué que le bateau faisait toutes les îles jusqu'à Bora Bora, à l'aller comme au retour. Alors Timi n'a pas quitté le bateau. Il a parlé avec beaucoup de passagers tahitiens, mais ne semblait connaître personne. Le subrécargue a voulu le faire descendre en bout de ligne, mais il a refusé. De retour à Papeete, il a même complimenté le capitaine pour la qualité de la cuisine sur son navire. La compagnie maritime vient juste de nous présenter la facture pour le billet de retour ct les repas.

« Nous avons demandé à toutes les gendarmeries des Iles Sous Le Vent d'enquêter. Nous avons expédié ses empreintes digitales au fichier central. Il est inconnu partout. Il n'a même pas fait son service militaire. Il semble être complètement passé à côté de tout le système jusqu'à maintenant. Un cas vraiment exceptionnel. Alors je vous le laisse.»

- « Ah, non, répondit le médecin-chef, nous ne pouvons pas le garder, il ne semble pas perturbé mentalement. Il a même l'air très normal. Il est sous votre responsabilité, maintenant. Emmenez-le.»

- « Mais que voulez-vous que j'en fasse ? Il n'a pas commis de crime. Il n'est pas recherché. Admettez que c'est plutôt le contraire. Vous n'avez qu'à le mettre à la porte. »

- « Nous avons essayé. Il ne veut pas partir. Il semble fasciné par cet hôpital. C'est incompréhensible. »

Le caporal-chef réfléchit longtemps en se frottant le menton, puis se décida :

- « D'accord. Je vais le prendre en dépôt à la prison pour soixante-douze heures, comme me l'autorise la loi. Mais je dois le relâcher ensuite. Peut-être comprendra-t-il alors la leçon et rentrera- t-il chez lui. »

Le gendarme quitta l'hôpital avec Timi à une main et le baluchon à l'autre.

Deux jours plus tard, le matin à l'arrivée des médecins, Timi était à nouveau assis sur son lit habituel, tout souriant. L'on appela la gendarmerie pour information. Le brigadier arriva vers midi, tout excité :

- « Il s'est évadé. Comme il n'est pas agressif du tout et très serviable, on l'avait mis à la corvée de cuisine. Il s'est apparemment évadé en se cachant dans la benne à ordure. N'en parlez surtout à personne, cela mettrait en branle une autre campagne de presse traitant le sujet de notre prison passoire. Mais c'est bien ainsi, car maintenant, il est bien à vous.»

- « Ah non, vous allez le ramener à la prison ! » dit le médecin-chef.

- « Ecoutez- moi, docteur. Soyez lucide. Un homme s'évade d'une prison, pour retourner à la maison des fous, qui, en fin de compte, n'est qu'une autre prison. Si vous cherchez un être anormal, en voilà bien un. »

- « Nous ne sommes pas une 'maison des fous', brigadier. Nous sommes un hôpital psychiatrique. Nous soignons les gens, nous ne les incarcérons pas ! »

- « Appelez cela comme vous voulez, docteur. Mais ce Timi me semble ne pas avoir toute sa tête. Alors, soignez-le bien, puisque c'est votre métier et votre passion. Il est tout à vous. Au revoir, messieurs. »

Et le brigadier disparut de la pièce, trop content d'avoir bouclé un autre dossier.

La conférence des médecins du lendemain fut entièrement consacrée au cas de Timi. Maintenant que le jeune homme était interné légalement, certains des psychiatres étaient au fond fort satisfaits. Devant eux se trouvait un cas exceptionnel. Et la personnalité douce et plaisante de Timi ne faisait que rendre le problème encore plus intéressant. Pour une fois, il ne s'agissait pas de symptômes de schizophrénie si fréquents parmi les "demis", la population métisse de Papeete qui se sent souvent écartelée entre deux cultures. Ni de crises de dépression ou de violence dus à la frustration devant un monde aux nouvelles valeurs matérielles.

Fait exceptionnel, les psychiatres se disputaient même le patient. Le médecin-chef dût trancher. Il confia le traitement de Timi au Dr Gomez.

L E DR JULIE GOMEZ était un bon choix. Une dame âgée de 56 ans, grande, mince et encore très belle, elle était le psychanalyste le plus expérimenté du groupe. Pendant presque vingt ans, elle avait travaillé comme assistante du professeur Sonnblum à l'hôpital de La Salpétrière à Paris. Le Dr Julie Gomez était ainsi une autorité reconnue pour les troubles de l'humeur et de la conduite, avec une spécialisation dans les phobies. L'obsession dont semblait souffrir Timi faisait partie de cette catégorie.

La présence d'une spécialiste d'un tel calibre dans une petite unité comme l'hôpital de Vaiami, perdue au bout du monde, était étonnante en soi, mais facilement explicable: Veuve depuis un an, mère d'enfants adultes et exerçant chacun leur propre profession avec succès, le Dr Julie Gomez avait choisi de s'exiler durant les dernières années de sa vie professionnelle afin de découvrir un horizon radicalement différent. Elle espérait que l'éloignement l'aiderait à combler le vide laissé par son veuvage.

Elle ne regretta jamais le choix de Tahiti. Elle y découvrit avec stupéfaction un monde en pleine et profonde mutation, une communauté qui commençait juste à produire les premiers symptômes des troubles de "civilisation".

C'est avec fascination qu'elle observait une société, pour laquelle le mot « futur » n'avait eu que peu de signification, ni été l'objet de préoccupation auparavant, se plonger avec ardeur dans les pièges d'une économie de consommation. Pour se retrouver par la suite enchaînée par les contraintes et les pertes de liberté que le "crédit facile" et la chasse aux possessions matérielles engendrent.

Percevant, plus clairement que tout autre, la pente fatale sur laquelle la petite communauté de Tahiti s'aventurait, elle aurait bien voulu lui crier ses avertissements et son expérience avant qu'il ne fut trop tard, avant que ces îles ne perdent leur sourire et leur nonchalance si uniques. Plusieurs fois, elle avait parlé de ses préoccupations au médecin-chef, mais celui-ci lui conseilla de ne pas s'exprimer :

- « Nous ne sommes qu'une petite équipe de psychiatres, pas des sociologues. Nous sommes ici pour guérir, pas pour changer la société. Et surtout, dénoncer le système qui se met en place serait perçu par les politiciens locaux comme une attaque personnelle contre leurs efforts de "modernisation".»

- « Allons, ma chère Julie, vous savez aussi bien que moi que tous ces messieurs se sentent si mal dans leur peau qu'il leur faut tous ces objets qui brillent et qui coûtent fort cher, pour qu'ils puissent se prouver quotidiennement leur importance. Ne m'avez-vous pas dit vous-mêmes que le gros 4X4 avec ses accessoires chromés est devenu la tétine d'apaisement de toute une classe sociale de Tahiti ? Alors, ne faisons pas de vagues et tenons nous à notre travail. D'accord ? »

Julie se plongea sur le cas de Timi avec ardeur et passion. La douceur de la personnalité du jeune homme l'intriguait et la touchait en même temps. Un peu d'instinct maternel influençait certainement aussi l'intensité de son intérêt. Assistée par Augustin, le plus âgé des infirmiers-interprètes, elle commença par lui faire suivre toute la panoplie des tests classiques de la psychologie. Ensuite elle consacra des semaines entières à le questionner, à le

faire parler, à explorer les recoins de son cerveau et surtout à gagner sa confiance.

Elle alla de surprise en surprise. Elle se trouvait devant
un individu totalement à l'aise dans sa peau, avec une
personnalité d'une assise foncièrement inébranlable. Ses
réflexes et réactions ne paraissait aucunement dictés, ni
par des contraintes de jeunesse, ni par un désir de vouloir
impressionner son entourage, ni par une recherche d'affection. Timi était en contraste radical avec l'homme moderne moyen qui a ses comportements généralement
motivés par une ambition, un esprit de compétition ou
une quête de sécurité.

Cela lui créa un sacré problème. Car pour créer une relation de traitement, il faut que le patient soit en état de
vulnérabilité, de dépendance ou d'angoisse. Ce qui
n'était certainement pas le cas avec Timi. Et aussi, pour
pouvoir déceler un déséquilibre mental, il faut impérati-
vement trouver cet élément clé qui motive l'existence
d'un individu, la « petite bébête » qui fait 'tic-tac' dans
le coeur de la personne ou dans l'âme de l'homme. Surtout que cette impulsion est généralement profondément
cachée dans les obscurs recoins du subconscient.

L'univers intérieur de Timi paraissait être un monde solide, contrôlé par une logique saine mais d'un raisonne-
ment parfois très oriental. Les symboles étaient les
éléments prédominants de son échelle des valeurs. Surtout les symboles bibliques tels que Dieu et Satan. Toutes
ses paroles étaient réfléchies et lui étaient très impor-
tantes, une évidence pour un être qui ne sait ni lire ni
écrire. Si Timi annonçait qu'il allait faire quelque chose,
il l'accomplissait avec obstination, même si cela devait

lui demander des efforts surhumains. Il avait le respect total de la parole donnée.

Un grand sens de la communauté lui était aussi inné. Il partageait tout avec les autres, ce dont certains des autres patients abusaient constamment. Si l'on s'adressait à lui lors des repas, il vous offrait automatiquement la nourriture dans son plat, et il fallait en manger au moins un morceau pour ne pas l'offenser.

Julie misait tout sur cet esprit de communauté pour accéder à la clé du mystère. Elle le questionna continuellement sur la communauté qu'il avait quittée et la raison de son départ. Mais sa réponse était toujours identique:

- « Cela n'a plus d'importance car je suis parti. C'est le passé, donc c'est terminé. Mon père m'a dit qu'ici était ma vraie famille. C'est pourquoi je suis là. Un fils doit obéir à son père, c'est ce que disent les Ecritures.» puis il arborait un grand sourire pour ne pas prolonger le sujet. Julie s'imaginait alors un père, voyant son fils développer un problème mental, lui donner l'ordre de se rendre à l'hôpital psychiatrique de Papeete et d'y rester. Mais elle ne pouvait pas déceler le moindre désordre psychique apparent chez le jeune homme, à part cette obstination inébranlable à vouloir rester à l'hôpital de Vaiami. Pourquoi un père souhaiterait-il que son fils passe sa vie dans un asile d'aliénés ? Non, la clé devait être ailleurs. Il lui fallait la trouver.

UN AN plus tard, Julie ne s'était toujours pas rapprochée de la solution de l'énigme. Mais elle avait surtout appris à profondément apprécier l'être humain qui se trouvait en Timi. Il était d'une droiture unique, un être de confiance absolue. Le voyant toujours souriant, de bonne humeur et vif d'esprit, elle comptait les innombrables heures passées en consultation avec lui parmi les moments agréables de ses journées.

Dans les tous premiers mois, il avait bien sûr, à plusieurs reprises, essayé de la séduire. Mais elle le repoussa gentiment, et finalement, il n'insista plus. Julie s'était même trouvée assez flattée par les avances faites, mais avait compris qu'il s'agissait là autant d'un compliment envers sa féminité, que d'un geste que Timi faisait pour lui montrer qu'il était un homme complet et normal. Elle se sentit quand même un peu coupable, un soir de l'une de ces avances, lorsqu'elle se surprit à passer presque une heure pour s'arranger devant son miroir.

Timi, lui, s'était fait sa niche dans le petit monde hospitalier de Vaiami. Malgré les protestations des médecins, il avait peu à peu assumé la position de peintre en bâtiment. Il s'avéra extrêmement méticuleux dans son travail, et la moindre peinture sale ou écaillée était immédiatement recouverte d'une couche neuve.

Le spectacle de Timi se promenant avec pot et pinceau était devenue une routine quotidienne. Il pomponnait les bâtiments et tout le monde dut admettre que cet entretien n'avait jamais été exécuté si consciencieusement.

Timi avait avite appris un français rudimentaire qui s'améliorait de jour en jour. A tel point que maintenant, Julie pouvait se passer d'interprète pour les conversations courantes. Il aimait être au courant de tout. Alors, juste après la visite matinale du corps de médecins, les internés s'habituèrent à recevoir aussi la visite de Timi avec son grand sourire, qui les questionnait à son tour sur leur état de santé en leur faisant la conversation. Très vite, Timi acquit le sobriquet *"taote Tahiti"* (docteur tahitien), et il était aimé de tous, employés comme malades. (Il faut expliquer ici que les hôpitaux de Polynésie sont beaucoup plus ouverts et libres d'accès que ceux des autres pays, qu'il y a un trafic constant de familles visitant leurs malades car, pour un Polynésien, laisser un parent seul à l'hôpital équivaudrait à l'abandonner lâchement. Les infirmeries des îles tiennent ainsi des lits disponibles pour les familles lors des accouchements.)

Mais revenons à Timi. Après une année de séjour du jeune homme à l'hôpital de Vaiami, les médecins se réunirent pour faire le bilan de son traitement. Ils questionnèrent le Dr Julie Gomez.

- « Je me trouve devant un cas très difficile. Toutes ses réactions semblent très normales, tous les tests démontrent un homme sans symptôme d'irréalité ni de séquelle de stress. La dépression, je ne crois pas qu'il n'en ait jamais connu, ni le stress d'ailleurs. Aucune cicatrice d'un drame de jeunesse n'est apparent. Bien sûr, il a des réflexes qui peuvent nous sembler parfois bizarres, mais je pense qu'il faut les attribuer au facteur culturel. Malgré l'obsession que le patient éprouve envers notre hôpital, je pense que Timi est un être très, très sain d'esprit, peut-être bien plus que nous tous ici. »

- « Allons, allons, ma chère collègue » interrompit le médecin chef, « Ne nous emportons pas. Vous savez autant que nous à quel point la ligne qui sépare l'être sain du cas pathologique est floue et mobile. »

- « Oui, je le sais. Mais je pense qu'il faut chercher l'origine du problème autrement que par la psychanalyse.»

Le Dr Martinon, un psychanalyste barbu et aux cheveux ébouriffés, parla de derrière ses grosses lunettes :

- « Vous savez tous que je suis un adepte de la théorie de Jung. Je pense que nous nous trouvons ici devant un cas d'incompréhension culturelle de notre part. Comment pouvons nous prétendre porter un jugement sur des hommes issus d'une culture qui nous est totalement étrangère. Nous devons absolument entreprendre de vastes études sur les mythes et les légendes, qui pourront nous faire connaître l'histoire et la sociologie de la Polynésie. Et nous devons faire cela vite.»

- « Mais non, mon cher collègue, le Jungisme s'est révélé tout à fait marginal. Nous n'allons pas recommencer ce débat.»

- « Mais comment osez vous prétendre comprendre ces personnes dont vous ne parlez même pas la langue ? »

- « Allons, allons, Dr Martinon, nous avons des interprètes et vous le savez. Et nous utilisons la méthode de M. Klein, comme avec les enfants qui ne savent pas parler, lorsqu'il y a obstacle linguistique. La thérapeutique par les symboles a fait ses preuves depuis des décennies, et le professeur Kamitzov les a appliqués avec grand succès en Afrique. »

- « Mais nous ne sommes pas en Afrique. Nous sommes face à une société qui s'est retrouvée isolée pendant plus d'un millénaire. Sans aucun apport extérieur. Il est inévitable que cet isolement prolongé ait créé des valeurs absolument uniques. »

Le médecin-chef commençait à perdre un peu de son calme :

- « Dr Martinon, je vous prie de ne pas recommencer la même argumentation à chaque fois que nous nous trouvons face à un patient qui n'est pas francophone. Nous avons perçu votre message depuis longtemps, croyez nous! Nous respectons votre point de vue. Mais nous persistons aussi à croire que vous suivez une voie que d'éminents spécialistes ont démontée avec succès, il y a bien longtemps de cela. »

Et il se tourna vers Julie :

- « Poursuivez donc, chère collègue ! »

- « Timi semble vivre en harmonie totale avec sa personnalité. Il n'a pas d'agressivité, et surtout, il n'a jamais eu ni la moindre crise, ni la moindre déprime. Au début de son séjour, j'envisageais la possibilité que sa gaieté exubérante fut le signe d'une psychose maniaque. Mais il n'y a pas ni suractivité, ni nervosité dans son comportement, et ces crises ne durent que quelques mois au plus. Non, Timi est d'une nature heureuse. Il semble goûter à tout ce que la vie lui présente, en n'y voyant que le bien et les côtés positifs. Dans le monde actuel tellement complexe et précaire, dans nos sociétés si stressantes, je ressens Timi comme une brise d'air frais. Un souffle de simplicité d'un autre temps. Vous désirez mon diagnostic ? Et bien, je le déclarerais d'une grande intelligence additionnée d'une innocence intouchable.»

- « Alors, nous pouvons le faire sortir ? »

- « Ah, non, car à la minute où nous l'obligerions à partir, nous le traumatiserions. C'est comme si une voix supérieure lui ordonne de rester ici.»

- « Alors, il n'est pas guéri.» conclut le médecin-chef.

La conférence se poursuivit alors dans un langage plus scientifique. Nul n'est besoin de lasser ici le lecteur avec des termes qui sont difficilement compréhensibles pour un non initié. Notons seulement que le Dr Mercado, spécialiste des lésions cérébrales, fit une présentation expliquant un cas similaire de fixation qui se révéla avoir été causé par une micro lésion à la base du cerveau reptilien.

Ainsi, après de longues discussions et maintes hésitations, en fin d'après-midi, le comité de médecins décida d'envoyer Timi en France pour lui faire passer des micro-radiographies et des examens au scanner, et ceci malgré les vives protestations du Dr Martinon qui persistait à voir un facteur purement culturel dans l'obsession de Timi.

Comme les vacances de Julie approchaient, elle offrit d'accompagner Timi et annonça qu'elle profiterait ainsi du voyage pour présenter ce mystérieux cas au professeur Sonnblum.

Julie expliqua le but du voyage à Timi. Il lui fallut surtout le convaincre que ce départ ne constituait pas une éviction de Vaiami, juste un entracte temporaire. Mais comme une confiance mutuelle et totale s'était établie entre eux, il n'y eut aucun problème, et Timi paraissait même ravi d'apprendre qu'il allait voler loin dans l'un de ces grands avions.

D EUX MOIS plus tard, ils prirent le grand avion pour l'interminable vol de 22 heures vers Paris…

Julie se félicita de s'être proposée comme accompagnatrice de Timi. Ils consacrèrent la première semaine à visiter Paris, qui est bien l'une des plus belles ville du monde. Elle adorait être témoin des joies et surprises du jeune homme face à un monde inconnu, à son étonnement devant les foules, les grands buildings et le métro. Tout cela était d'une fraîcheur et d'une spontanéité merveilleuse. Elle se sentait privilégiée de pouvoir y assister et apprécia de plus en plus, tous les jours, la compagnie du jeune homme. Julie réalisa aussi qu'un autre phénomène se passait en son fort intérieur. Avec surprise, elle découvrit qu'elle se sentait maintenant bien plus à l'aise avec son patient tahitien qu'avec ses compatriotes. Les Parisiens lui semblaient courir comme des automates, renfermés en eux-mêmes et impassibles envers leurs prochains. Elle comprit alors qu'une forte mutation de ses valeurs fondamentales s'était instaurée durant les deux années passées à Tahiti. Et que ces nouvelles sensibilités n'étaient qu'une preuve tangible de son assimilation réussie dans le petit monde de la Polynésie. Une courte visite à la Maison de Tahiti sur l'Avenue de l'Opéra, où ils furent accueillis avec beaucoup de chaleur et de gentillesse, lui parut presque comme un retour à la maison.

Mais il était temps maintenant de faire subir à Timi les examens prescrits. La deuxième semaine fut entièrement consacrée aux interminables attentes dans les hôpitaux de l'Assistance Publique. Un examen de quelques minutes exigeait des jours de patience et des tonnes de paperasse, et même les qualités de médecin de Julie ne put faire accélérer le monstre bureaucratique. Elle souffrait de voir la médecine française, pourtant l'une des meilleures du monde, totalement sabotée dans son efficacité et son impact par un carcan administratif d'un autre siècle.

Finalement, les résultats en poche, elle prit rendez-vous avec le Professeur Sonnblum, son mentor, celui-là même qui lui avait infusé tout son savoir avec tant de patience et de dévouement.

Le professeur l'attendait avec impatience. Les retrouvailles furent extrêmement chaleureuses et émotives. Le professeur exprima sa joie de la voir en si bonne santé, et surtout aussi rayonnante :

- « Ma chère Julie, vous n'avez vraiment pas changé. Ce serait plutôt le contraire, vous me semblez toute fraîche, toute pétillante. Les colonies vous vont à merveille. Quel plaisir de vous voir ainsi. Bien trop de veuves s'assèchent et dépérissent après la disparition de leur compagnon. Mais avec vous, ce n'est vraiment pas le cas. Votre choix d'exil était indéniablement le bon. Allez, racontez-moi! Que se passe-t-il donc de si excitant aux antipodes ? »

- « Enormément de choses, professeur. C'est incroyable. Vous seriez passionné. Je suis assise aux premières loges. J'assiste à la mise en place du type de société qui assure la richesse et la pérennité de notre profession. L'on est en train de faire découvrir aux Polynésiens les joies de la consommation à outrance. Mais personne ne leur explique le prix qu'ils auront à payer dans le futur. L'on répète allégrement à Tahiti toutes les erreurs qui ont déjà été commises ailleurs. Cela me semble parfois bien triste, mais la gentillesse des gens me le fait toujours vite oublier.

- « Mais, Julie, vous devez sûrement leur expliquer qu'il y a danger, puisque vous le ressentez ainsi ? »

- « Non, non. Car c'est malheureusement la population elle-même, et surtout leurs chefs qui veulent instaurer ce système. Comment expliquer à ces innocents que l'argent n'a pas grand chose à voir avec la richesse et le bonheur de l'homme. Que ce type de société est surtout détourné pour créer et perpétuer les privilèges de certaines classes. Et que l'on utilise la même arme impitoyable qui a déjà servi avec tant de succès pour détruire d'autres sociétés qui avaient l'affront d'être différentes : la bureaucratie et sa standardisation impitoyable.

« Je ne suis pas un Don Quichotte, professeur, mais parfois je me sens la spectatrice de funérailles qui durent depuis vingt ans. J'assiste aux interminables obsèques d'une civilisation si unique et si subtile qu'il faut investir dix ans de sa vie rien que pour prétendre la comprendre. Si vous le désirez, professeur, je pourrais vous entretenir des heures durant de ce qui se passe à Tahiti. Mais sachez que dans ce tourbillon en formation, je retrouve quotidiennement la preuve indéniable et concrète de toutes vos théories. Tout est tellement plus clair là-bas, plus simple, donc plus transparent... Mais aussi bien plus cruel. »

- « Merci pour ces gentils mots, ma chère Julie, merci mille fois vraiment. Mais, paraît-il, vous m'avez aussi apporté un spécimen indigène malade de modernisme ! »

- « Oh, non. Le patient qui m'accompagne est un cas très spécial. Une grande énigme. Il nous est tombé un jour sur les bras, venant apparemment de nulle part.»

Julie expliqua alors le phénomène Timi en grand détail. Le professeur l'écouta, fasciné, trois heures durant. Il absorba chaque détail, questionna, examina les résultats des examens des micro radiographies et du scanner, puis étudia les notes de Julie. Ils firent entrer Timi. Julie présenta les deux hommes. Le professeur fut très impressionné par le jeune homme athlétique qui arborait un magnifique sourire immuable.

- « Quel bel homme, ma chère Julie. Maintenant je comprends mieux votre dévouement. Sont-ils tous comme cela à Tahiti ? A voir ce jeune homme, je comprends maintenant la réputation des Tahitiennes dans le monde! Parle-t-il le français? »

- « Oui. Assez pour une conversation » répondit-elle, se sentant rougir un peu.

Le professeur, assisté de Julie, consacra les deux jours suivants à faire passer une série d'analyses psychologiques à Timi. Ne trouvant pas d'indices concrets pour expliquer l'obsession de Timi, il s'aventura même un après midi sur une voie qu'il n'engageait que rarement, car elle peut être dangereuse: l'hypnose. Mais même ce procédé extrême ne put percer le secret de l'obsession de Timi. Il n'eut aucun mal à le mettre en transe:

- « Pourquoi tiens-tu tant à rester à l'hôpital de Vaiami ? » demanda le professeur.

- « Parce que c'est chez moi.» répondit Timi du fond de sa transe.

- « Pourquoi est-ce chez toi ? »

- « Parce que mon père me l'a dit, parce que je sais que c'est chez moi. »

- « Mais Vaiami est un hôpital, il appartient au gouvernement. Cela ne peut-être à toi.

- « Je ne sais pas cela. Mais à Vaiami, je suis chez moi. »

Malgré un interrogatoire long et poussé sur la même veine, le professeur ne réussit pas à trouver une explication plus réaliste. Il explora alors la personnalité émotive de Timi, mais interrompit la transe lorsque Timi révéla un sentiment assez profond pour la pauvre Julie qui devint alors toute embarrassée.

Après avoir réveillé Timi, le professeur parla en tête à tête à Julie:

- « Pour moi, cet homme a une obsession profonde. Je diagnostiquerais même une psychose maniaque, un état franc d'anxiété. Vous avez tout essayé. Il ne reste que la thérapeutique de choc. Essayons l'électrochoc d'abord. Etes vous d'accord ? »

- « Si vous pensez que cela est nécessaire, professeur, alors je ne puis que vous suivre. Nous devons le guérir.

C'est un être si gentil, si positif, et il manque si peu pour lui donner une vie normale! Mais, vous allez le mettre sous anesthésie, n'est-ce pas ? »

- « Bien sûr. Alors, venez demain matin, je vais convoquer l'équipe.»

Le lendemain, on fit allonger Timi sur une table d'opération mobile. L'anesthésiste le mit sous narcose, puis la table fut poussée à travers une porte vers l'amphithéâtre du centre universitaire. La salle était bondée car beaucoup d'internes avaient été convoqués pour assister à cette opération. Les thérapeutiques à l'électrochoc sont devenues rares de nos jours où elles sont de plus en plus souvent remplacées par les chimiothérapies, les traitements chimiques qui utilisent des médecines hypnotiques ou neuroleptiques pour induire le choc.

Les infirmiers implantèrent les électrodes tout autour de la tête de Timi, pendant que le professeur expliquait à la salle l'utilisation unilatérale des électrodes pour mieux cibler le secteur désiré du cerveau. La demi-heure qui suivit fut l'un des moments les plus pénibles dans la vie de Julie. Elle ne put pas supporter de voir le jeune homme faire des bonds à chaque fois qu'un choc électrique traversait son cerveau.

Ce fut un spectacle horrible.

Parfois une jambe, parfois un bras se détendait tout à coup en spasmes, et cela malgré le harnais qui les retenait. Timi n'était plus qu'un pantin télécommandé. Julie avait envie de crier, de les supplier d'arrêter. Elle s'effondra sur le banc en pleurant. Lorsque le traitement prit finalement fin, elle se précipita vers Timi, arracha les électrodes, puis, en sanglotant, serra la tête inanimée contre sa poitrine.

Timi se réveilla une demi-heure plus tard, petit à petit, mais il lui fallut plus d'une heure pour retrouver tous ses sens. Il se plaignait de maux de tête. Julie lui apporta de l'aspirine. Il se rendormit. Julie resta immobile à ses côtés, de longues heures, pleurant constamment.

Le professeur arriva en début d'après-midi. Timi venait juste de se réveiller à nouveau et mangeait un sandwich, assis sur le lit. Julie avait encore les yeux rouges.

- « Alors, comment va notre Polynésien. Il semble avoir très bien supporté le traitement.»

- « Oui, tout va bien maintenant. Mais je ne me rappelais pas d'une telle violence des électrochocs.» répondit Julie.

- « Allons, Julie. Notre patient n'a rien senti. Peut-être avez vous un sentiment plus que professionnel pour ce patient. Ah, ce sacré instinct maternel!.. Bon, voyons si nous avons obtenu des résultats.»

Il attrapa une chaise, s'assit face à Timi, et reposa les mêmes questions que la veille.

Mais les réponses de Timi étaient toujours identiques. Son obsession pour l'hôpital Vaiami était toujours la même. Le professeur lâcha un grand soupir :

- « Voici un cas bien coriace. Julie, il nous faut tenter la chimiothérapie. Un nouveau type de Chlorpomazine vient d'arriver sur le marché. Il paraît que son action de dissolution sur les délires est extraordinaire. Nous pourrions commencer le traitement après-demain ! »

- « Mais professeur, n'y a-t-il pas un danger d'effets secondaires avec ces neuroleptiques?»

- « Très mineurs. Surtout de calvitie. Votre Timi pourrait devenir chauve. Il y a 50% de chances. Mais mieux vaut être chauve et sain d'esprit, n'est-ce pas ? Alors, je vous attends après-demain à huit heures.»

Julie ne répondit pas. Elle était totalement désemparée. Le professeur les quitta.

Ce soir là, Julie et Timi dînèrent à la Lorraine, un grand restaurant sur la place des Ternes. Julie voulait se faire pardonner de lui avoir fait subir un tel traitement. Elle lui avait acheté un blazer, un pantalon blanc, une belle chemise et un foulard de soie. Timi était superbe et elle était toute fière de sortir en compagnie si élégante. Elle commanda même une bouteille du meilleur vin, puis une deuxième, qui l'aida enfin à oublier la terreur qu'elle avait ressentie le matin. Timi, très intuitif comme toutes les personnes simples, sentait que Julie était troublée. Il la questionna, mais elle resta silencieuse.

Alors il fit tout son possible pour la faire rire, pour la faire sourire. Très joyeux, ils retournèrent tard à l'hôtel. Julie demanda à Timi de venir un moment dans sa chambre. Elle tenait à lui expliquer qu'il allait suivre un traitement chimique, en quoi cela consistait et qu'il pourrait y avoir des conséquences.

Au milieu de la conversation, Timi l'interrompit:

- « Je ne sais rien de toutes ces choses. J'ai confiance en toi. C'est toi qui décide. Et après tu me ramènes à Vaiami.»

Julie, alors, se rendit compte à quel point elle tenait, seule, toute la responsabilité de la destinée de cet homme dans ses mains. Elle revit dans un flash la scène de l'électrochoc, et s'effondra à nouveau en sanglots. Elle ne voulait pas que Timi passe par l'horreur des comas chimiques. Elle sanglotait de plus en plus. Timi, désemparé, la prit dans ses bras, et la serra fort pour la consoler. Elle s'accrocha à son torse, et pleura, pleura pendant plus d'une heure.

C'est cette nuit là qu'ils devinrent amants.

Le professeur Sonnblum fut tout étonné de recevoir, chez lui, à quatre heures du matin, un appel téléphonique d'une dame toute excitée :

- « Professeur, professeur! C'est Julie. Excusez-moi de vous réveiller, mais c'est très, très important. Il faut annuler tout de suite les traitements chimiques dont nous avions décidés. J'ai beaucoup réfléchi. Il se peut que nous nous trouvions face à un problème culturel. Il ne faut plus lui donner de chocs, ni électriques, ni chimiques. Je rentre à Tahiti avec lui. Je ne veux plus faire souffrir cet homme.»

- « Bien sûr, Julie, bien sûr. Mais nul n'est besoin de se précipiter. Toutes les décisions sont les vôtres. Peut-être avez-vous raison. Mais promettez-moi de me tenir au courant de la suite. Ce cas me passionne aussi. Et vous pouvez aussi m'appeler durant la journée, vous savez. La thérapeutique que vous dispensez semble prendre une nouvelle dimension. Peut-être est-ce mieux ainsi! Allez, bonne nuit ! » Et il raccrocha le combiné en riant.

Julie et Timi ne rentrèrent pas tout de suite en Polynésie. Ils s'exilèrent d'abord deux semaines dans un petit hôtel familial à Saint-Jean-de-Luz, sur la côte basque. C'était le mois d'octobre maintenant. La station balnéaire était déserte. Ils firent de longues marches le long des plages vides, côte à côte et silencieux, regardant les falaises de l'Espagne à l'horizon.. Ils prirent leurs repas en tête à tête dans les rares petits troquets ouverts.

Julie prétendait que ce repos était nécessaire pour Timi afin de se remettre des séquelles de l'électrochoc. Mais en réalité, la convalescence était plutôt destinée à elle-même, car elle avait été émotionnellement très affectée.

Elle devait surtout retrouver un certain équilibre en elle-même pour adapter son sens éthique à sa nouvelle relation avec Timi.

Ce séjour se révéla être pour elle une vraie lune de miel. Il lui fallut donc très peu de temps pour accepter la situation sans aucune culpabilité, bien au contraire.

De retour à Papeete, Julie expliqua a ses collègues le résultat des examens et l'échec de la thérapeutique de l'électrochoc.

Elle annonça aussi qu'elle allait tenter une nouvelle méthode pour briser l'obsession de Timi. Comme il s'était créé une confiance mutuelle totale entre eux, et comme il avait accepté de l'accompagner en France, elle proposa donc de l'éloigner petit à petit de l'Hôpital de Vaiami. Quelques heures au début, puis un jour, puis plusieurs jours de suite, etc... Les médecins donnèrent tous un avis favorable. Julie était aux anges. Cela lui laissait aussi une liberté totale avec son patient et amant.

Deux années de ce traitement intensif et très rapproché ne changèrent pourtant pas grand chose. Timi voulait bien s'absenter de Vaiami avec Julie, parfois même pour deux semaines de suite, mais son attachement pour l'hôpital ne s'atténuait point. Sa liaison avec Julie était maintenant passée à un stade agréable de la routine, et les deux coulaient une vie heureuse, bien que cachée de tous, convenances obligent. Timi, de son côté, se rendait de plus en plus indispensable à la bonne marche de l'hôpital. A part la peinture des bâtiments, il assistait maintenant aussi le surveillant général lorsque certains détenus développaient des crises de violence. Sa douceur, sa patience et son humeur toujours gaie avait un effet très soporifique sur les patients.

P UIS, un jour du décembre suivant, un vieux pensionnaire de l'hôpital mourut tranquillement de son grand âge. Les autorités notifièrent la famille qui habitait l'île de Tahaa, au nord de Raiatea.

Trois jours plus tard, un Polynésien distingué, portant fièrement la soixantaine avec ses cheveux grisonnants, arriva à Vaiami pour faire rapatrier dans son île natale le corps du vieillard .

En pénétrant dans la cour de l'hôpital, il aperçut Timi qui le reconnut aussi immédiatement. Les deux hommes se tombèrent dans les bras, et s'embrassèrent chaleureusement. L'homme parla :

- « Je suis bien content de te voir ici. Je me suis souvent fait du souci pour toi. Je me demandais comment cela se passerait. »

- « Tout va très bien, orometua tane (Monsieur le pasteur), regarde, c'est joli chez moi, hein ?»

- « Eh oui, tu as réussi. Notre Seigneur aide bien les innocents ! Que Dieu soit loué. A propos, ton frère va très bien, et il s'est trouvé une femme. Elle s'appelle Mahina. Je viens de baptiser leur premier enfant, un garçon qu'ils ont nommé Vaiari'i en mémoire de ton père. »

Le surveillant général remarqua immédiatement les retrouvailles et la conversation entre l'homme et Timi. Il courut en aviser Julie et le médecin-chef.

Après que l'homme eut terminé les procédures nécessaires pour le rapatriement du corps du défunt, le médecin chef l'aborda doucement et lui demanda s'il pouvait lui accorder un instant.

Entre temps, la nouvelle que quelqu'un connaissait Timi avait fait le tour de l'hôpital comme une traînée de poudre. C'est donc face à tout le corps médical que le vieil homme distingué se retrouva confronté dans le bureau du directeur.

- « Monsieur, nous voyons que vous connaissez Timi ! »

- « Oui, docteur, je me suis occupé de sa famille ces trente dernières années. Je suis le pasteur de Patio, un petit village sur la côte nord de l'île de Tahaa.»

- « Alors, pouvez-vous nous expliquer comment il est possible que personne dans le territoire ne connaisse Timi. Ni la gendarmerie, ni aucun téléspectateur, ni aucun lecteur de journal. Voici trois ans que nous recherchons d'où il a bien pu venir.»

- « Je crois pouvoir vous expliquer. Laissez-moi parler. Timi vient d'une famille qui vit tout à fait isolée dans le fond d'une vallée de l'île de Tahaa. Très jeune, le père de Timi développa un *'mariri'*, une filiarose, aussi appelé éléphantiasisme. Cette maladie fit que ses jambes gonflèrent énormément, au point de ressembler à d'énormes ballons fripés. La honte que le père ressentit fut telle qu'il n'osa plus sortir de sa vallée. Timi était encore bébé alors. Son grand frère, car il a aussi un frère, allait à l'école de Patio. La maladie du père fut rapidement apprise par la population du village. L'on persuada petit à petit le frère à quitter l'école, par peur de contagion, et surtout par ignorance.

« Ainsi Timi, lui, n'alla jamais à l'école. Il ne sortit jamais de sa vallée. Sa maman mourut lorsqu'il eut tout juste dix ans. C'est le père, les enfants et moi qui avons enterré la brave femme sur une butte, derrière leur petite maison.

« Le vieux et ses deux fils vécurent tout le temps comme des ermites. Ils subsistaient de leur agriculture de cueillette, d'élevage et de quelque chasse. Comme leur vallée était dorénavant considérée 'tabou' par la population, je suis la seule personne qui leur rendait visite. Je leur échangeais quelques produits contre des nécessités absolues tels que vêtements ou sucre. Je leur faisait aussi prendre régulièrement les pilules de Notézine pour que la filiarose n'infecte pas les garçons. Je leur réservais tous mes samedis, journée que je passe avec eux pour leur enseigner la Bible afin qu'ils soient de bons chrétiens.

« Ainsi, mis à part le petit enseignement religieux dispensé au compte-goutte, Timi est comme les anciens Polynésiens. Il a appris à vivre de la terre et de la forêt en totale indépendance et autarcie. Il est totalement vierge de toutes influences extérieures telles que radio, télévision ou autre. »

- « C'est pour cela qu'il n'a pas fait de service militaire ? »

- « Bien sûr, car il n'est enregistré nulle part. Aucun fonctionnaire n'a jamais osé s'aventurer dans la vallée réputée maudite, surtout qu'il n'y a pas de route, juste un sentier. Et puis, pourquoi troubler un jeune qui ne sait pas ce qu'est une guerre. Il ne sait ni lire ni écrire et ne connaît rien aux complications du monde extérieur. Oui, vous avez devant vous un Polynésien tel qu'ils étaient encore il y a cinquante ans. Autosuffisants et fiers de l'être. »

Tous les médecins se regardèrent.

Un ange passa. Le médecin chef brisa le silence:

- « Oui, bien sûr. Cela explique bien des choses ! Mais peut-être pourriez-vous nous éclairer dans un autre domaine. Voyez-vous, Timi est avec nous car il a un problème mental profond. Il a une obsession, un attachement farouche pour cet hôpital, ici même. Il le considère comme le sien et ne veut pas le quitter sous aucun prétexte. Nous n'avons pas réussi à le guérir de cette fixation. Auriez-vous peut-être un indice qui puisse nous guider vers une explication ? »

Après une courte réflexion, le pasteur éclata soudainement de rire, tout en essayant de se contrôler pour ne pas paraître mal poli. Mais il ne put, et se plia en deux, pris d'un fou rire. Les médecins, groupés autour de lui, le regardaient en silence.

Finalement, le vieil homme réussit à maîtriser un peu son hilarité et parla :

- « Mais c'est à cause du *'pito'* ! »

- « Le *pito* ? » s'étonna le médecin chef.

Le pasteur retrouvait maintenant petit à petit sa contenance. Il expliqua, lentement :

- « Oui, le *'pito'*, le nombril, quoi ! Plutôt le *'pito fenua'*, le nombril de la terre. C'est la coutume ancestrale de toute la vaste Polynésie. Laissez-moi vous expliquer. Lorsqu'un enfant naît dans les îles, la sage-femme place le placenta de la mère, le cordon ombilical et toutes les couches de la naissance dans un seau qui est remis au père. Celui-ci va l'enterrer dans la terre familiale et plante, soit une grande et longue pierre, soit un arbre, au-dessus de ces restes d'accouchement. Cet acte crée le lien indispensable entre l'enfant et sa terre ancestrale, lien qui jadis était même bien plus important, plus fort que les liens du sang.»

Le médecin chef était visiblement agacé :

- « Oui, mais cette coutume n'explique pas qu'un jeune homme de Tahaa se sente être le propriétaire de l'hôpital psychiatrique de Tahiti.»

- « Si, justement. Laissez moi poursuivre. J'étais présent à la mort du vieux. Je suis témoin de ses dernières paroles. Il expliqua ceci à ses deux fils :

« La terre revient à l'aîné, car il est né ici et son *'pito'* est enterré sous le grand avocatier derrière la maison.» Etonné, Timi demanda alors au père agonisant:

« Père, dis moi où est mon *'fenua'*, ma terre à moi, puisque celle-ci est uniquement à mon frère ! »

Le père, lentement et longuement, expliqua alors que Timi était né lors de l'unique voyage de ses parents à Tahiti, là bas à Papeete. Sa mère, enceinte, avait mal supporté le voyage en goélette et avait accouché prématurément dès l'arrivée dans la capitale. Et que son *'pito'* a été enterré par une dame dans une des terres de la ville.

« Timi, toi, tu dois aller t'installer chez toi, là-bas à Papeete, sur cette grande terre qui s'appelle Vaiami. Tu verras, il y a une grande maison dessus et les gens y sont très gentils, propres et habillés de blanc. »

Ainsi Timi obéit à son père et quitta Taha'a pour Tahiti.»

- « Je ne comprends pas. Que vient donc faire ce *'pito'* de Timi à Vaiami ? » demanda le médecin chef.

- « Voyez-vous, docteur, avant l'ouverture de l'hôpital de Mamao, Vaiami était le seul hôpital de Papeete. C'était donc aussi la seule maternité de la ville.

« Lorsque Timi naquit ici, et voyant que les parents étaient de passage, l'infirmière a certainement incinéré les couches et le cordon ombilical pour une raison d'hygiène. Le voyage vers les îles était long et pénible à l'époque, et emporter des linges pleins de sang et de placenta dans la chaleur tropicale aurait créé une puanteur insupportable…

« Le lendemain de l'accouchement, le père réclama certainement le *'pito'* du nouveau-né à l'infirmière, car c'était un homme qui vivait dans le monde traditionnel et il se devait de donner au petit Timi son lien ancestral avec sa terre. Pour ne pas avoir d'histoires, l'infirmière alors a certainement expliqué au père qu'elle avait déjà enterré le *'pito'*, ici même, dans le jardin au centre de l'hôpital. Ainsi, le père, raisonnant toujours selon les anciennes lois polynésiennes, considérait dorénavant son fils comme un enfant de cette terre, comme un ayant droit sur cette terre, la terre de l'hôpital de Vaiami. »

Les docteurs se regardèrent, éberlués. Une culpabilité générale flottait dans l'air.

Voyant le gêne qu'il avait occasionné, le pasteur s'éclipsa discrètement, non sans avoir bien entendu fait ses adieux en serrant la main de tout le monde.

Après cinq minutes de stupeur, le médecin chef rompit le long silence :
- « Eh oui, mes chers collègues, nous avions toute la science du monde à notre portée. Hélas, il nous manquait un tout petit détail d'histoire. Et surtout une certaine connaissance de base des coutumes locales.

« Dr Martinon, vous aviez raison, bien sûr, et je suis le premier à le reconnaître. Je crois qu'il est temps de redorer le blason terni des théories du Professeur Jung. J'aimerais demander, à vous tous ici, de bien réfléchir au cas dont nous venons d'être témoins. Il y aura une réunion générale jeudi matin. J'y attendrais vos propositions. Nous devons radicalement revoir certaines données dans notre politique de traitements.»

L A REUNION générale exceptionnelle se déroula dans une grande sérénité.

Les décisions qui y furent prises peuvent être résumées de la façon suivante:

- Timi restera pensionnaire à l'hôpital de Vaiami. Il est établi qu'il est un cas extraordinaire car il détient encore en lui les valeurs fondamentales d'une société pratiquement disparue. Le Dr Julie Gomez fera un inventaire précis et détaillé de ces valeurs, lesquelles seront alors utilisées comme nouvelles références dans les futures pathologies du monde rural polynésien.

- Bien que Timi ne souffre ni de perturbations, ni de déviations de caractère, il a été décidé qu'il ne peut pas fonctionner normalement dans l'environnement actuel de Tahiti car celui-ci a été modifié a tel point qu'un Polynésien vivant avec des valeurs traditionnelles en est inexorablement marginalisé et sera victime d'un drame social intense.

Le Dr Martinon, avec le militantisme qui lui est habituel, insista énergiquement pour que les observations suivantes, inspirées par le Dr Eric Fromm, soient incluses dans le procès verbal de la réunion histo-rique :

"Toute civilisation qui, dans l'intérêt de l'efficacité, essaie de standardiser l'individu humain, commet un crime contre la nature biologique de l'homme. La conformité devient vite une uniformité qui est incompatible avec la santé mentale. Timi est bien un exemple de la fraîcheur d'une diversité humaine face à l'uniformité crétinisée.

123

"La société moderne contemporaine, malgré ses progrès matériels, intellectuels et sociaux, tend rapidement à saper dans chaque individu la sécurité intérieure, le bonheur, la raison, la faculté d'aimer. L'homme paie cet échec par des maladies mentales de plus en plus fréquentes et un désespoir qui se dissimule sous une frénésie de travail et de prétendu plaisir. Présentement, les nouveaux médias de communications installent impitoyablement à l'échelle mondiale les normes d'une uniformité universelle, mercantile et médiocre. La qualité et l'assise inébranlable des valeurs d'individus tels que Timi sont une preuve concrète que d'autres civilisations peuvent et doivent fournir un apport indispensable pour l'élaboration d'une société plus intelligente qui permettra peut-être un jour à l'Homme Moderne d'accéder à une santé mentale en harmonie avec sa nature profonde.

-Pris entre l'étau d'une population en croissance incontrôlée et de ressources limitées, l'Homme doit graduellement évoluer de la société de possession vers une société de connaissance, de sagesse et surtout de cohabitation. C'est alors seulement que les richesses véritables d'autres civilisations telles que celles des îles de l'Océan Pacifique deviendront réellement apparentes et indispensables. Ainsi, il doit être un devoir de préserver les valeurs de ces cultures pour les générations futures, comme l'on fait déjà pour certaines espèces animales et végétales en voie de disparition. Sacrifier toute la richesse d'une fragile civilisation si unique, pour apaiser passagèrement l'appétit gargantuesque et la vanité de technocrates et bureaucrates privilégiés, serait un crime impardonnable à l'encontre du futur de notre Humanité."

LA CLE

LE PERE parla : « Ecoute-moi, mon fils. Tu as maintenant vingt ans et te voilà un homme. Il est temps que tu quittes notre vallée pour faire ta propre vie. J'ai essayé de te transmettre tout mon savoir, toute ma longue expérience. Tu as été un bon élève, et je t'en remercie.

« Tu sais comment construire une maison belle et solide, donc tu pourras te loger.

« Tu sais planter, soigner et récolter les richesses de la terre, donc tu pourras te nourrir.

« Tu connais les gestes et les plantes qui guérissent les caprices du corps, donc tu pourras te soigner.

« Tu as étudié la Bible et tu as compris les commandements et les conseils des apôtres. Te voilà donc un homme honnête et fier.

« Et tu es courageux et travailleur. Ainsi, tu portes en toi tous les éléments indispensables pour la réussite. Je n'ai rien d'autre à t'apprendre. Tu tiens maintenant en tes mains la clé qui t'ouvrira les portes du monde. Va, mon fils, pars le conquérir ! »

Le fils embrassa sa mère et ses soeurs et se mit en route. Le père et les femmes en pleurs le suivirent du regard jusqu'à ce qu'il disparaisse derrière la colline.

Quelques mois plus tard, le fils revint, maigre et triste.
- « Pourquoi ce retour, mon fils? As-tu échoué ? »
- « Oui, père. Le monde est bien étrange. Je ne puis rien faire là-bas. »
- « Explique-moi où j'ai failli, mon fils. »
- « Tu ne m'a pas donné les papiers, père.»
- « Les papiers? Quels papiers ? »
- « Si je veux construire ma maison là-bas, il faut un papier pour la terre et un autre pour la maison. Si je veux travailler pour quelqu'un, il faut un papier qui dit que je sais travailler. Il faut un papier pour planter, un papier pour vendre ce que j'ai planté. Il faut un papier qui dit qui tu es. Ils ont toutes sortes de noms pour ces papiers: titre, permis, patente, diplôme, certificat, etc... Je n'ai pas ces papiers, alors je ne peux avoir de maison, de travail, de culture, de nourriture. Rien. Pour eux, je n'existe même pas »
- « Oh, mon pauvre fils! Pardonne-moi! Je ne t'ai pas donné la bonne clé....»
- « Père, ne t'accuse pas ! Si, tu m'as donné la bonne clé, la meilleure clé qu'un père puisse donner à son fils. Mais voilà, durant ces dernières années, ils ont adoptés les valeurs d'une autre civilisation...
« Ils ont tout simplement changé la serrure. »

Alex W. du PREL
Opuhi Plantation,
Moorea, Pacifique Sud

L'AUTEUR

Né en 1944, Alex W. du PREL a fait des études en France, en Allemagne, en Espagne et aux USA. D'abord, il bourlingue comme ingénieur de génie civil sur des grands chantiers pétrochimiques et portuaires aux Caraïbes et en Amérique latine.

En 1971, il est l'ingénieur responsable des hôtels de la chaîne Rockefeller (Rockresorts) aux Antilles. Transféré par la compagnie vers l'île de Hawaii en 1973, il effectue la traversée de l'Océan Pacifique en solitaire sur son yacht, un voilier de 12 mètres qu'il a lui-même construit. La longue solitude du voyage (deux mois et demi) transforme profondément le barème des valeurs de l'auteur. Il abandonne la "carrière" pour se lancer dans une visite des atolls du centre et de l'Est du Pacifique, avec des arrêts de plusieurs mois dans des îles inhabitées. Les contacts intimes avec la vie et la mentalité des populations polynésiennes authentiques car isolées font de lui un adepte et ardent défenseur de ces reliques d'une fragile civilisation.

En 1975, il découvre Bora Bora, s'y installe et crée le Yacht Club de Bora Bora, un petit hôtel qui devint vite le point de rendez-vous de tous les grands navigateurs de l'époque. Pour des raisons familiales, il vend le Yacht Club en 1982 et s'installe à Moorea, l'île sœur de Tahiti. Entre autres, il assura la direction de l'atoll de Tetiaroa, propriété pendant deux ans.

Personnage international, spécialiste du Pacifique-Sud, Alex W. du PREL parle six langues et écrit en trois. Polyvalent et autodidacte, il a exercé une multitude de métiers pour maintenir sa liberté de mouvement : géomètre, maître d'hôtel, soudeur, interprète, ingénieur, régisseur de plantation, directeur d'hôtel, acteur de cinéma, mécanicien itinérant, convoyeur de bateaux, cuisinier, professeur de langues, chef de chantier, conseiller économique pour le gouvernement, journaliste, etc...

Depuis 1982, il habite Moorea, l'île sœur de Tahiti. Après deux ans de journalisme pour "Les Nouvelles de Tahiti", il fonde et publie depuis 1991 "TAHITI-Pacifique magazine", seul mensuel d'information et d'économie francophone du Pacifique Sud.

Alex W. du PREL est marié à une Polynésienne qui lui a donné une fille.

Ce livre vous a plu ?

Vous désirez connaître d'autres nouvelles sur les îles de la Polynésie et du Pacifique Sud ? Alors n'hésitez pas à lire **"Le Bleu qui fait mal aux Yeux"** !

Vous y découvrirez neuf autres nouvelles de Polynésie : le secret de la perle noire de Penrhyn, la "Dame" qui veut adapter un atoll de Marlon Brando à ses "normes" occidentales, la vengeance du fantôme tahitien d'un grand hôtel, le plongeur des Tuamotu victime de la bureaucratie et d'autres histoires les unes plus passionnantes que les autres.